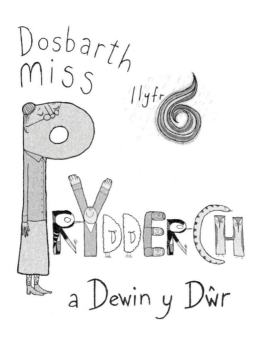

Dosbarth Miss Prydderch llyfr 6
a Dewin y Dŵr

★ ★ ★

MERERID HOPWOOD

Lluniau gan
RHYS BEVAN JONES

Gomer

Cyfarwyddiadau

Annwyl Ddarllenydd,

Croeso i Ddosbarth Miss Prydderch.
A diolch i ti am fod yn barod i fentro
ar y daith!
Cofia:

★ Pan fyddi di'n gweld yr arwydd
hwn yn y llyfr, os oes gen
ti amser, gwibia draw i
www.missprydderch.cymru
i gael mwy o wybodaeth.

★ Weithiau byddi di'n gallu gweld llun neu
esboniad yno.
Does dim rhaid i ti eu darllen nhw, ond
bysen ni'n dau'n hoffi meddwl dy fod yn
gwneud.

★ Ar ymyl ambell dudalen bydd sylwadau
bach mewn bybls gan naill ai fi neu Alfred

★ Os nad wyt ti'n hoffi'r darluniau, dim problem – gelli di ddychmygu rhai gwahanol yn eu lle. Wedi'r cyfan, dim ond dychymyg sy'n dweud beth yw lliw a llun pethau mewn llyfrau fel y llyfrau hyn.

Gan obeithio'n fawr y byddi di'n mwynhau'r stori a'r siwrnai.

Gyda dymuniadau gorau,

Yr un sy'n dweud y stori

Cyhoeddwyd gyntaf yn 2019 gan Wasg Gomer,
Llandysul, Ceredigion SA44 4JL
www.gomer.co.uk

ISBN 978 1 78562 284 7

Cyhoeddwyd gyda chymorth ariannol
Cyngor Llyfrau Cymru.

Argraffwyd a rhwymwyd yng Nghymru gan Wasg Gomer,
Llandysul, Ceredigion SA44 4JL

1

Drip

◆◆◆◆◆◆◆◆◆◆◆◆◆◆◆◆◆◆◆◆◆◆◆◆◆◆◆◆◆◆

Drip, drip. Drip, drip. Drip . . . Drop.

Roedd mam Alfred wedi dweud y gallai Alfred gael y sied yng ngwaelod yr ardd i gyd iddo fe ei hunan.

'I fi fy hunan?!' holodd Alfred. Prin y gallai gredu ei glustiau. Dyma'r newyddion gorau erioed!

Cyn i'w fam orffen siarad, roedd Alfred, â llygad ei ddychymyg, wedi troi'r adeilad bach pren yn bencadlys iddo fe â'i feddyliau. Y sied oedd y lle perffaith i gael dianc iddo. Yn y sied gallai wrando ar gerddoriaeth, darllen, chwarae gemau ac yn fwy na dim: CAEL LLONYDD. A thrwy gydol y bore, roedd Alfred wedi mynd ati i'w chlirio.

Wel, nid clirio'n union, byddai 'tacluso' yn fwy cywir. Oherwydd sied tad Alfred oedd y sied yn wreiddiol, a doedd neb wedi bod yn y sied ers i dad Alfred farw. Am resymau amlwg felly, doedd Alfred ddim eisiau taflu popeth allan yn un

Pencadlys yw'r gair am y brif swyddfa, lle mae pobl bwysig yn cwrdd i drefnu pethau pwysig.

Mae Alfred yn caru'r geiriau hyn. Mae sŵn annibendod ar y geiriau. Mae'n hoffi 'pendramwnwgwl' hefyd. Am yr un rheswm.

pentwr driphlith draphlith a'u rhoi mewn bag sbwriel. A dweud y gwir, doedd Alfred ddim eisiau taflu dim. Dim byd. Dim byd o gwbl. Pethau go bwysig oedd pethau ei dad, ac er nad oedd e'n gallu ei gofio, roedd hi'n deimlad arbennig iawn i Alfred gael bod ar ei ben ei hun yng nghanol pethau ei dad.

Sied siâp petryal oedd y sied gyda dwy ochr lydan a dwy ochr gul. Ar hyd un o'r ochrau llydan roedd silffoedd yn llawn offer o bob math. Ar y silff dop roedd pethau peryglus fel llif a morthwylion a chymysgeddau lladd chwyn. O dan rheiny wedyn roedd offer gwersylla: pabell, stof fach, llestri plastig, tortsh mawr . . .

Ar y silff nesaf roedd mân bethau mewn bocsys taclus, fel hoelion, sgriws, nyts,

7

Mae Alfred yn meddwl ei bod hi'n od bod peth cras fel papur tywod pigog iawn yn gallu gwneud pethau eraill yn llyfn.

byllt, darnau o gortyn, darnau o weiren, papur tywod . . .

Roedd un silff arall yn llawn offer pysgota: bachau, plu, jar dal mwydod, ac yn gorwedd o dan ddistiau'r to roedd dwy neu dair gwialen bysgota, cawell dal cimwch a siwt bysgota rwber a sgidiau glaw ANFERTH yn dod reit i dop eich coes. Roedd Alfred wedi edrych yn hir ar y siwt. Roedd wedi hanner meddwl ei thynnu o'r silff a'i gwisgo amdano. Ond roedd rhywbeth yn ei ddal yn ôl. Roedd yn llawer rhy fawr iddo, wrth gwrs. *Ond ryw ddiwrnod*, meddyliodd Alfred wrtho'i hunan, *ryw ddiwrnod bydda i'n ddigon mawr i ffitio ynddi'n berffaith.*

'Distiau' yw'r darnau o bren sy'n dal y to yn ei le.

Ar hyd y wal gul yn y cefn roedd silffoedd yn llawn offer garddio: fforc fach, rhaw, bwcedi, caniau dŵr, rhaffau, basgedi, prennau bach o bob math, potiau blodau gwag a dau neu dri bocs yn llawn pecynnau hadau.

Ar hyd y wal lydan arall, o dan y ffenest, roedd mainc waith bren, bron fel desg hir, hir, a digonedd o le arni i wneud pob math o bethau. Mewn un gornel o'r fainc roedd pot pensiliau, pot brwshys paent a bocs o diwbiau bach o baent olew. Mewn cornel arall roedd bocs bach metal â thair drâr ynddo. Nesaf at y bocs roedd sbienddrych, chwyddwydr a meicrosgop.

O dan y bocs – OND PEIDIWCH Â DWEUD WRTH NEB – roedd Alfred wedi rhoi llun bach o'i dad. Roedd hwn yn llun arbennig.

Hynny yw, heb siaced a'r llewys wedi'u rholio hanner ffordd lan ei freichiau.

Ynddo, roedd tad Alfred yn llewys ei grys yn rhoi dŵr i'r blodau. Y tu ôl iddo roedd y sied i'w gweld yn glir. Y sied. SIED ALFRED! Ar bwys ei dad roedd pram. Ac yn y pram roedd babi. Ac Alfred oedd y babi.

Drws oedd y prif beth yn y wal gul olaf. Yn y gornel tu ôl i'r drws roedd brwsh cans, sef brwsh sydd â brwyn neu wellt pigog a chryf IAWN ar ei flaen. Roedd 'na hefyd frwsh meddal, rhaw fawr, fforc fawr a phâl. Ac yn crogi wrth fachyn ar gefn y drws roedd hen siaced gynnes, cot law a chap. Rhai ei dad oedd rhain. *Rhyw ddiwrnod*, meddyliodd Alfred, *bydda i'n gwisgo'r siaced a'r got law a'r cap. Ond dim heddiw.*

Mae rhai'n galw hwn yn 'coets'.

10

Mae 'dwsto' a 'thynnu llwch' yr un peth, a dweud y gwir.

Erbyn 11 o'r gloch y bore, ar ôl tair awr o sgubo a dwsto a thynnu llwch a gwe pry cop a phryfed marw a mynd yn ôl ac ymlaen i'r tŷ i mofyn padelli o ddŵr a sebon-swigod i gael golchi'r silffoedd a'r ffenest, roedd y petryal bach yn edrych fel palas, ac roedd Alfred Eurig Davies bron yn barod i fod yn Frenin y Sied.

Roedd un dasg ar ôl. Gwneud arwydd. Chwiliodd am ddarn bach o bren. Gwych! Dyna lwc! Darn bach â thwll yn y top. Jyst y peth. Yna, estynnodd frwsh bach o'r jar brwshys paent ar gornel y fainc ac un tiwben o baent du.

Roedd Alfred yn gwybod yn iawn beth roedd e eisiau ei ddweud. Y broblem

Mae Alfred wir yn hoffi'r gair hwn.

oedd sut i'w ddweud e. Chwyrlïodd pethau fel: DIM MYNEDIAD HEB GANIATAD o gwmpas ei ben. Roedd y geiriau hynny ar ddrws stafell y boiler yn yr ysgol. Ond doedd e ddim yn hoffi'r gair 'tad' ar ddiwedd 'ganiatad' a beth bynnag, doedd e ddim 100% yn siŵr a oedd y frawddeg yn gwneud sens ar ddrws sied a hefyd, doedd e ddim yn siŵr a oedd eisiau rhyw sgwigl ar yr 'a' olaf: caniata/â/à/á/?d.

Neu falle, meddyliodd, *y byddai ysgrifennu geiriau Saesneg yn gwneud ei neges yn* rili *bwysig. Rhywbeth fel:* CÎP OWT!

Oedd, Alfred. Fel hyn mae sillafu'r gair yn gywir: caniatâd, gyda tho bach ar yr 'a' olaf.

Alfred! Roedd Miss Prydderch bob amser yn ceisio atgoffa'r disgyblion i ddweud 'iawn' yn lle 'rili' ond roedd hi'n r̶i̶l̶i̶ anodd iawn i Alfred gofio!

Byddai Miss Prydderch wrth ei bodd gyda'r gair hwn. Mae'n golygu meddwl yn galed iawn.

Yn y diwedd, ar ôl pendroni a phendroni, penderfynodd ysgrifennu 'Sied Alfred yn Unig'.

Ond ar ôl rhoi 'Sied' ac 'Alfred' gwelodd Alfred nad oedd digon o le i roi 'yn Unig', ac erbyn meddwl, falle bod 'Sied Alfred' yn dweud y cyfan.

Gan gysuro ei hunan felly fod hynny'n ddigon, rhoddodd ddarn o gortyn yn y twll ac aeth allan i grogi'r arwydd ar hoelion ym mlaen y drws.

Heb oedi mwy, aeth yn ôl i mewn a thynnu cadair-blygu oddi ar silff yr offer gwersylla. Eisteddodd i lawr ac edrych o gwmpas ei deyrnas yn hapus iawn.

Cofiodd Alfred wedyn mai'r ymadrodd gorau am y teimlad hwn yw 'ar ben ei ddigon'.

13

Defnydd sy'n aml ar do sied yw sinc, ac mae'n aml gyda thonnau ynddo. To tonnog oedd to sied Alfred.

Yna, drwy'r tawelwch, clywodd y glaw yn disgyn ar y to sinc. *Mmmmm, dyna braf*, meddyliodd Alfred, *y glaw tu fas yn gwlychu'r byd i gyd a fi tu fewn yn sych braf.*

Roedd e wrth ei fodd gyda sŵn y glaw. Tybed pwy oedd yn iawn? Y Cymry'n dweud mai sŵn hen wragedd a ffyn a sŵn cyllyll a ffyrc oedd y glaw, neu'r Saeson yn dweud mai sŵn cathod a chŵn oedd e? Ac roedd Alfred yn rhyw hanner gofio i Miss Prydderch ddweud bod pobl Ffrainc yn dweud mai sŵn brogaod oedd i'w glywed mewn sŵn glaw mawr. **Ych a fi!** Doedd Alfred wir ddim yn hoffi meddwl am yr awyr lwyd yn gollwng llond cymylau o frogaod ar do'r sied.

Ond O! Gyda hynny, clywodd hyn:

Drip, drip. Drip, drip. Drip . . . Drop.

Roedd ganddo gwmni. Cwmni diferion dŵr.

Clustfeiniodd.

Rhaid bod to'r sied yn gollwng dŵr.

Cododd ei ben o'i gadair fach i geisio gweld lle roedd y twll.

Ac wrth iddo godi ei ben, glaniodd diferyn o ddŵr ar ei drwyn.

Dyna'r ateb!

Symudodd ei gadair fach ychydig i'r chwith ac estyn bwced o'r silff a'i roi ar lawr.

Trodd y '**drip, drip**' yn '**plop, plop**'

ac eisteddodd Alfred yn ôl a gwylio'r dŵr yn disgyn yn araf i waelod y bwced blastig.

Rhyw ddiwrnod, byddai'n rhaid trwsio'r to.

2

Galw cyfarfod

◆◆◆◆◆◆◆◆◆◆◆◆◆◆◆◆◆◆◆◆◆◆◆◆◆◆◆◆◆◆◆◆◆

Roedd hi wedi bod yn haf anhygoel ac yn ddiwedd perffaith i Flwyddyn 6 hollol amazing. Cofiodd Alfred yn ôl i ddiwedd Blwyddyn 5 a'r siom enfawr bod Miss Arianwen Hughes yn gadael ac yn mynd i Lundain. Cofiodd wedyn yr ARSWYD

Pe byddai Alfred wedi oedi i feddwl, byddai wedi cofio mai'r gair Cymraeg yw 'anhygoel'.

pan welodd pawb Miss Prydderch yng nghefn y neuadd. Un athrawes lwyd, frawychus yr olwg a'i llais llym yn dweud 'prynhawn da' a'r ddau air yn llenwi'r lle â'r lliw llwyd. A chofiodd wedyn am yr hwyl annisgwyl ac anhygoel yr oedd e a'r criw i gyd wedi ei chael yn ei dosbarth hi drwy'r flwyddyn. Miss Prydderch! Yr athrawes orau a fu erioed. Miss Prydderch oedd yn gallu dweud stori nes bod y dosbarth cyfan yn codi a hedfan ar garped hud ac yn mynd i bob math o lefydd.

Cofiodd Alfred am fynd i Goedwig y Tylluanod ac am y tro achubon nhw'r defaid a'r tylluanod i gyd a throi'r gelyn, y neidr gas, yn ffrind i bawb.

Cofiodd am y brotest a'r ymgyrch 7G i gadw Ysgol y Garn ar agor – a llwyddo! HWRÊ!!!

Cofiodd wedyn am fynd i'r Eisteddfod Genedlaethol ym Mae Caerdydd ac am stondin ryfeddol Gwaelod y Garn gyda'r holl bethau wedi eu gwneud o wlân yn gwerthu fel slecs.

Cofiodd am yr antur yn nhŵr y castell. Crynodd drwyddo wrth gofio wedyn am y dihiryn a geisiodd ddwyn Molly. Darganfod Molly, heb os, oedd eiliad orau ei fywyd i gyd.

A chofiodd am ganu ei chwistl-drwmp nes bod holl ddreigiau'r ddinas yn deffro

Doedd gan Alfred ddim syniad beth yw 'slecs' ond roedd e'n gwybod eu bod nhw'n gwerthu'n gyflym.

Hynny yw, rhywun drwg.

Bydd darllenwyr llyfr 1, 2, 3, 4 a 5 yn gwybod yn iawn mai 'gwregys' yw un o hoff eiriau Alfred. Gair crynshi, llawer gwell na 'belt'.

ac yn llenwi llwyfan Canolfan Mileniwm Cymru.

Gyda hynny, rhoddodd ei law ar y boced fach yn ei wregys. Oedd, roedd y chwistl-drwmp yno'n ddiogel, chwistl-drwmp ei dad. Ac roedd Alfred wedi HEN ddysgu ei wers. Peth ffôl iawn oedd canu'r offeryn bach rhyfeddol hwn tu mewn i unrhyw adeilad! Roedd hud a lledrith yn perthyn i'r chwistl-drwmp, ac er nad oedd Alfred yn deall pam, roedd e'n gwybod mai offeryn yr awyr agored – a'r awyr agored *yn unig* – oedd y chwistl-drwmp, heb os nac oni bai.

Peth braf oedd cofio 'nôl i'r gorffennol. Ond nawr, a hithau'n ddiwedd mis Awst a'r haf yn dod i ben, roedd meddyliau Alfred yn dechrau troi tua'r dyfodol. Ymhen wythnos byddai Alfred a'r criw i gyd yn mynd i'r YSGOL FAWR, ac yn lle cofio pethau a oedd wedi digwydd yn barod, roedd hi'n amser i Alfred geisio dychmygu pethau nad oedd wedi digwydd eto.

Sut fyddai codi'n gynnar a mynd ar y bws i'r dref bob bore?

Sut fyddai'r plant eraill?

Sut fyddai'r holl athrawon newydd? (Fyddai neb gystal â Miss Prydderch, roedd hynny'n ffaith).

Sut fyddai dysgu siarad Ffrangeg a Sbaeneg?

Sut fyddai gwneud arbrofion mewn labordy?

Sut fyddai rhedeg o gwmpas y cae chwaraeon ANFERTH?

Neu mewn Cymraeg: ofnadwy o anghyfforddus.

A fyddai gwisgo tei drwy'r dydd yn siriysli anghyfforddus?

A sut yn y byd mawr y byddai'n gallu ffeindio ei ffordd ar hyd y coridorau hir?

Roedd e'n edrych ymlaen. Oedd. Ond roedd e hefyd dwtsh bach yn nerfus. (SHHH peidiwch â dweud hyn wrth neb.) Doedd Alfred ddim wedi cyfaddef hyn i'w hunan hyd yn oed, jyst o dro i dro, tua deg gwaith bob dydd, siŵr o fod, ac yn aml cyn mynd i gysgu, roedd rhyw deimlad bach yn rhywle rhwng ei galon a'i stumog ac ychydig bach yn y darn tu ôl i'w dalcen yn dweud y geiriau hyn wrtho: 'NERFUS' ac weithiau 'CYFFROUS'.

Ta waeth – roedd wythnos gyfan cyn diwrnod pwysig y MYND I'R YSGOL FAWR ac roedd llawer o bethau i'w gwneud cyn hynny.

Y peth mwyaf pwysig oedd mynd yn ôl i Ysgol y Garn i helpu peintio stafell ddosbarth Miss Prydderch ac i groesawu criw Blwyddyn 5, wel criw yr hen Flwyddyn 5, achos nhw nawr oedd criw y Flwyddyn 6 newydd.

Syniad Miss Prydderch oedd hyn. Roedd hi wedi gofyn i bawb o'r *hen* Flwyddyn 6 i weithio gyda phawb o'r Flwyddyn 6 *newydd* er mwyn 'trosglwyddo'r awenau'.

Ond cyn hynny, roedd Alfred wedi galw cyfarfod yn y sied.

3

HQ

◆◆◆◆◆◆◆◆◆◆◆◆◆◆◆◆◆◆◆◆◆◆◆◆◆◆◆◆◆◆◆◆◆◆

Roedd mam Alfred, ar ôl rhoi'r offer peryglus fel y llif a'r morthwyl a'r gwenwyn lladd planhigion a.y.b. mewn bocs gyda chlo arno, wedi cytuno y gallai Alfred wahodd y gang i gyd i'r sied. Chwarae teg, roedd hi wedi ffeindio hen gadeiriau gardd, dau gwshin mawr a stolion, ac roedd Alfred wedi eu gwasgu i mewn i'r darn rhwng y fainc

mmm 'sgwishd' pa fath o air yw hwnnw, Alfred?

a'r silffoedd. Felly, er ei bod hi braidd yn sgwishd, roedd lle i saith eistedd ar gadair o ryw fath a phawb arall ar y llawr. Roedd Alfred wedi amcangyfrif hefyd y byddai lle i gadair olwyn Ben Andrews pe byddai honno'n mynd i mewn yn gyntaf. Fel arall, byddai hi'n anodd cau'r drws. Ac WRTH RESWM, roedd rhaid bod yn gallu cau'r drws. Os oedd y criw yn mynd i gynnal cyfarfod, doedd dim eisiau i bawb drwy'r byd allu clywed eu sgwrs.

Fel mae'n digwydd, y bore ar ôl i Alfred dacluso'r sied, a bore'r cyfarfod, roedd rhai o blant Gwaelod y Garn ar eu gwyliau, gan gynnwys Ben Andrews. Doedd e ddim yng Nghymru hyd yn oed, ac roedd Elen Benfelen wedi trefnu ei bod hi'n ei ffesteimo fe ar ei ffôn o'i wyliau yn Sbaen.

Roedd hyn yn gwneud y cyfarfod hyd yn oed yn fwy cyffrous.

Erbyn 9:30 y bore, roedd naw o'r criw yn y sied. Ar y fainc roedd hambwrdd gyda dŵr a bisgedi, a rhwng pedair wal betryal y sied roedd sŵn siarad fel pwll y môr. Doedd y criw ddim wedi gweld ei gilydd yn iawn ers yr Eisteddfod, ac roedd cymaint o gwestïynau a storïau i'w rhannu. A dweud y gwir, roedd hi'n anodd credu faint o bethau oedd yn gallu digwydd mewn pythefnos.

Roedd pawb yn hollol gytûn fod sied Alfred yn ANHYGOEL.

'Hwn fydd ein HQ ni,' meddai Dewi

Mae HQ yn sefyll am 'Headquarters' sef y ffordd Saesneg o ddweud 'pencadlys'. Ydych chi'n cofio 'pencadlys' o bennod 1?

Griffiths, ac er nad oedd pawb yn hollol siŵr beth oedd ystyr HQ, roedd pawb yn teimlo ei fod e'n syniad gwych.

'Hyfygeitsh-cifigiw!!' gwichiodd Sara-Gwen a dechreuodd pawb geisio cofio sut i siarad Garneg. (Mae'n rhyfedd pa mor gyflym allwch chi anghofio sut i siarad iaith os nad ydych chi'n ei defnyddio hi bob dydd.)

Yng nghanol y miri felly, cafodd Anwen Evans y syniad o weld pwy oedd yn gallu cofio sut i ddweud eu henwau yn Garneg . . . a chwarae teg, ar ôl crafu pen, yn y diwedd, llwyddodd pawb:

Alfred   Afagalffreffeged

Anwen Evans   Afaganwefegen

              Evegevafagans

Mae hwn yn un od, oherwydd sŵn y gair Vaughan yw Fôn.
Ac roedd Alfred wedi clywed yn rhywle mai o'r gair Cymraeg
FYCHAN roedd VAUGHAN wedi dod, sy'n od iawn oherwydd
doedd Lewis Vaughan ddim yn fach iawn o gwbl.

Dewi Griffiths	Defegewifigi Grifigiffifigiths
Elen Benfelen	Efegelefegen Befegenfefegelefegen
Gwyn Jones	Gwyfygyn Jofogôns
Lewis Vaughan	Lefegewifigis
	Fofogofofgôn
Max	Mafagax
Molly	Mofogolifigi
Sara-Gwen	Safagarafaga-Gwefegen

Yna, yn union wrth i Sara-Gwen orffen dweud ei henw a phawb yn curo dwylo, canodd ffôn Elen . . . roedd Ben Andrews yn ceisio cysylltu yr holl ffordd o Sbaen!

30

Na. Nid camgymeriad yw hwn. Yn Sbaeneg mae'n rhaid rhoi'r marc cwestiwn a'r ebychnod ben i waered CYN y frawddeg. Ac mae hyn yn synhwyrol iawn achos wedyn does dim rhaid aros tan DDIWEDD y frawddeg i wybod sut y'ch chi i fod i ddweud y frawddeg.

4

Yr Alhambra

◆◆◆◆◆◆◆◆◆◆◆◆◆◆◆◆◆◆◆◆◆◆◆◆◆◆◆◆◆◆◆◆◆◆◆◆◆◆

'Helô, Ben!' gwaeddodd Elen yn gynnwrf i gyd.

'¡Hola !¿ Qué tal?' atebodd Ben.

'Beth?' gofynnodd Elen

'¡Hola! ¿Qué tal?' dwedodd Ben drachefn, yn wên o glust i glust yn ei sbectol a het haul.

Mae 'drachefn' yn air bach defnyddiol iawn. Mae'n golygu 'unwaith eto'.

31

A deallodd pawb. Roedd Ben yn siarad Sbaeneg, mae'n rhaid!

'Hefegelofogo Befegen!' meddai Elen wedyn yn Garneg a throi ei ffôn o gwmpas y sied fel bod pawb yn gallu codi llaw ar Ben.

'Ble yn y byd mawr y'ch chi?' gofynnodd Ben mewn syndod, yn methu deall o gwbl pam fod y gang wedi'u gwasgu at ei gilydd rhwng offer pysgota a bwcedi a brwshys o bob math.

Tro Alfred oedd hi i esbonio. Cymerodd Alfred ffôn Elen ac aeth allan i ddangos yr arwydd yn crogi ar y drws: 'Sied Alfred'.

'Ti'n cofio'r sied yng ngwaelod ein gardd ni?' holodd Alfred ei ffrind.

'Sied dy dad?' gofynnodd Ben.

'Ie, dyna ti. Wel fi sy pia fe nawr – Palas Alfred Eurig Davies yw'r sied o hyn allan. Ac mae'n mynd i fod yn HQ i ni gyd.' (Roedd Alfred yn difaru na fyddai wedi rhoi'r gair PALAS yn lle SIED ar yr arwydd . . . mmm falle byddai'n rhaid newid yr arwydd.)

'Anhygoel!' meddai Ben, 'OOO! Alla i ddim aros i ddod adre nawr!'

'Ie wel, mae'n iawn i ti,' meddai Lewis Vaughan. 'Wrth edrych ar yr awyr las 'na tu ôl i ti, sen i yn dy le di fydden i ddim yn brysio 'nôl. Mae'n edrych fel diwrnod heulog, braf yn Sbaen. Dim ond cymylau sy gyda ni. Roedd digon o law fan hyn ddoe i greu llyn ar glos y ffarm. **Ych a pych!'**

'Ie, cweit,' meddai tipyn o bawb.

'Ac roedd to'r HQ yn gollwng dŵr!' a rhoddodd Alfred y ffôn yn ôl i Elen.

'O, plis peidiwch dweud dim mwy am law na dŵr!' meddai Ben Andrews. 'Bysen i'n CARU gweld bach o law. 'Sdim syniad gyda chi pa mor boeth yw hi fan hyn. Dwi'n BERWI!'

Doedd gan y gang ddim llawer o gydymdeimlad â'u ffrind, a dweud y gwir.

'O, dere mla'n,' meddai Sara-Gwen, 'Mae'n edrych yn anhygoel i fi. Ife coed palmwydd sy tu ôl i ti? Gad i ni weld.'

Trodd Ben ei gadair 360 gradd a dal ei ffôn yn uchel yn yr awyr.

A'r unig sŵn i'w glywed yn dod o sied Alfred oedd: **'Waaaaaawwwww!!!'**

'Ble yn y byd mawr wyt ti?' gofynnodd Max a Molly gyda'i gilydd.

'Wel, fel mae'n digwydd,' meddai Ben, 'dwi mewn palas hefyd. Palas yr Alhambra . . .'

Ac aeth Ben ati i esbonio sut oedd yr adeilad ysblennydd ar safle hen, hen

> Mae'r gair hwn yn swnio'n sgleiniog ac mae hynny'n addas fan hyn.

Sef gair Arabeg am 'Brenin'.

gastell yn un o ddinasoedd de Sbaen. Dinas o'r enw Granada. Swltan Granada oedd wedi ailadeiladu'r Alhambra yn 1333. Yn y dyddiau hynny roedd llawer o Sbaen yn cael ei reoli gan yr Arabiaid a oedd wedi dod o ogledd Affrica'n wreiddiol, ac roedd y Swltan eisiau dangos i bawb pa mor gyfoethog oedd e.

'Mae'r palas yn llawn colofnau hardd a bwâu o bob math,' meddai Ben. 'Ond un o'r pethau pwysicaf i gyd yw'r gerddi gyda'r llynnoedd bach lle mae dŵr yn chwarae,' a throdd ei ffôn i ddangos ffynnon a'i dŵr yn dawnsio'n uchel i'r awyr.

'**Waw!!!!**' meddai'r lleisiau yn y sied.

'O'r holl gyfoeth sydd yn yr adeilad, yr aur a'r marmor a'r teils a'r crefftwaith i

36

gyd, y dŵr oedd y peth pwysicaf,' meddai Ben. 'Roedd y Swltan yn gwbod yn iawn nad yw hi'n bosib i neb fyw heb ddŵr. Ac mewn gwledydd poeth iawn, lle mae dŵr yn brin, mae gallu dweud **"Edrychwch arna i! Mae digon o ddŵr gen i!"** yn eich gwneud chi'n bwysig iawn . . .'

'Dŵr?! Siriysli?!!!' holodd Lewis Vaughan. Ond doedd Ben ddim wedi ei glywed, ac aeth yn ei flaen.

'Ac felly,' meddai, wrth orffen ei stori, 'PLIS, peidiwch cwyno ei bod hi'n bwrw glaw!'

Roedd criw bach y sied wedi bod yn glustiau i gyd yn gwrando ar hanes yr Alhambra ac edrych ar y lluniau drwy sgrin ffôn Elen.

'**Waw!**' meddai Dewi Griffiths. 'Byse'r Swltan yn dod i Waelod y Garn bydde fe'n meddwl ein bod ni gyd yn filiynêrs!!!'

'Cryms ie!' meddai Max. ''Sdim marmor nac aur gyda ni, ond mae un peth yn siŵr, 100% yn siŵr, mae $\boxed{\text{LÔDS}}$ o ddŵr gyda ni!!!'

A gyda hynny, cyn i neb gael cyfle i ddweud 'hwyl fawr', 'adios' na 'siwrne saff adre' . . . bu farw batri ffôn Elen.

'Pwy fyse'n meddwl,' meddai Alfred yn dawel, 'fod brenin yn meddwl bod dŵr yn ei neud e'n gyfoethog?!'

'Ond mae ganddo bwynt,' meddai Gwyn. 'Heb ddŵr, heb ddim!'

Roedd Max wedi anghofio mai'r gair Cymraeg am 'loads' yw 'llawer'. Ond 'sdim ots.

'Waw! Odi honna'n ddihareb?' holodd Elen

'Sai'n siŵr,' meddai Gwyn, gan edrych braidd yn falch o'i hunan a dweud y gwir.

'Wel, dwi'n credu dyle hi fod yn un,' meddai Alfred.

'Heb ddŵr, heb ddim!' Dechreuodd pawb guro dwylo a siantio fel pe bydden nhw mewn gêm bêl-droed: **'Heb ddŵr, heb ddim!', 'Heb ddŵr, heb ddim!', 'Heb ddŵr, heb ddim!'**

A gyda hynny, dechreuodd hi fwrw glaw. Glaw mawr!

Roedd poster diarhebion ar wal dosbarth Miss Prydderch. Dywediadau oedd y diarhebion oedd yn dweud pethau doeth a phwysig, fel:

Dyfal donc a dyr y garreg.
Nid aur yw popeth melyn.
Y cyntaf i'r felin gaiff falu.

Roedd sŵn byddarol ar y to sinc. Tawelodd y criw a gwrando. Yna'n sydyn, neidiodd Elen ar ei thraed. 'Mae rhywbeth newydd ddisgyn ar dop fy mhen!' gwaeddodd.

'**AAAA!**' sgrechiodd dau neu dri neu ddwy neu dair arall. 'Llygoden???'

Ond na, dim llygoden.

Ust!

Er bod sŵn yr holl law yn fawr ar y to tu allan, tu mewn i'r sied, roedd un sŵn bach rywsut neu'i gilydd yn fwy.

Ie.

Sŵn y diferion yn dod drwy'r twll yn to.

Drip, drip. Drip, drip. Drip . . . Drop.

Ond uwch y sŵn i gyd, daeth llais mam Alfred o'r tŷ:

'Alfred!!!
Alfreeeeeed!!!

Mae'n bryd i chi fynd draw i beintio'r ysgol! Chi'n cofio?'

Cydiodd pawb yn eu cotiau ac allan â nhw drwy'r glaw am Ysgol y Garn.

5

Yr hen Flwyddyn 6 a'r Flwyddyn 6 newydd

◆◆◆◆◆◆◆◆◆◆◆◆◆◆◆◆◆◆◆◆◆◆◆◆◆◆◆◆◆◆◆◆◆

Pan gyrhaeddod Alfred, Elen a'r gang i gyd Ysgol y Garn, roedden nhw'n wlyb at eu crwyn. Ond doedd dim gwahaniaeth. Yn rhyfedd iawn, a falle bydd rhai darllenwyr yn ei chael hi'n anodd credu hyn, roedden nhw wrth eu bodd i gael bod yno. Mae bod mewn ysgol yn ystod y gwyliau'n brofiad od. Dim gwersi. Dim gwasanaeth. Fawr ddim byd ar y waliau. Dim yr un rheolau, rywsut.

A heb os, roedd cerdded i mewn i'w hen stafell ddosbarth yn brofiad od iawn i'r criw.

I ddechrau, roedd y waliau'n wag ac wedi eu peintio'n lân o'r newydd, ac roedd y lluniau a'r gwaith ysgrifennu taclus a'r mapiau a'r siartiau i gyd wedi diflannu.

Yn ail, yno'n cwrdd â nhw oedd Miss Prydderch . . . YN EI JÎNS!!!

Er bod y ffrindiau wedi hen arfer gweld Miss Prydderch yn chwyrlïo ar eu hanturiaethau ac yn troi o fod yn llwyd i fod yn lliwgar, roedd hi'n rhyfedd iawn i'w

Waw! Y gair 'chwyrlïo' eto – roedd Alfred yn caru hwn.

gweld hi heb ei chardigan lwyd a'i sgert hir lwyd a'i sbectol lwyd YN YR YSGOL. Ond dyna lle roedd hi. Yn lliwgar i gyd. Y sanau smotiog wrth gwrs, roedd hi bob amser yn gwisgo'r rheiny. Crys-T gydag enfys ar y blaen a chardigan streipiog amryliw. A sbectol gydag un fraich binc ac un fraich felen a hecsagonau glas a phorffor am y gwydrau.

Mae'r rhain yn bethau pwysig ac fel arfer mae'n rhaid i chi eu dilyn os y'ch chi am wneud rhywbeth yn drefnus.

'Bore da, blantos!' meddai'n llawen. 'Wel, mae'n dda iawn eich gweld chi!'

'Waw!' meddai Anwen Evans. 'Dwi'n DWLU ar eich sbectol chi!'

'Aha!' meddai Miss Prydderch gyda gwên lydan. 'Sbectol hud yw hon!' a thaflodd winc fawr at Anwen a chodi un ael i fyny ac i lawr heb symud y llall nes bod pawb yn chwerthin.

Mmmmmm, meddyliodd Alfred, *fysen i'n synnu dim nad yw hi'n dweud y gwir.* Ond doedd dim amser i hel meddyliau. Roedd Miss Prydderch wedi dechrau ar y CYFARWYDDIADAU.

'Reit! Yn gyntaf, rhaid i chi gyd newid.

A! Dyma 'reit' cyntaf y stori. Mae Miss Prydderch yn dweud 'reit' yn aml iawn, sy'n beth od, erbyn meddwl, oherwydd mae 'reit' yn dod o'r Saesneg 'right' a'r gair Cymraeg yw 'iawn' ac mae Miss Prydderch fel arfer yn MYNNU bod pawb yn defnyddio'r geiriau Cymraeg ...

Mae'n bwysig gwybod bod 'llaith' gydag 'i'
yn golygu 'tamp' (h.y. bach yn wlyb) a 'llaeth'
gydag 'e' yn golygu 'llefrith' (neu 'milk').

Mae bocs o hen ddillad chwaraeon gen i yn y stordy. Allwch chi ddim treulio gweddill y dydd mewn dillad llaith.'

Doedd hyn DDIM yn plesio rhai. Roedd Elen a Sara-Gwen (a Lewis Vaughan yn un arall) bob amser yn treulio cryn dipyn o amser yn meddwl am beth ddylen nhw wisgo. Doedd meddwl gwisgo HEN ddillad go ddrewllyd o'r bocs yn y stordy DDIM yn apelio.

Ond roedd gan Miss Prydderch ffordd arbennig o berswadio pobl i wneud pethau. Tynnodd y bocs hen ddillad. Pwysleisiodd ei bod wedi golchi pob darn (ac yn wir, roedd arogl sebon dillad braf ar bob dilledyn), ac anfonodd y merched i mewn i'r stordy i newid tra bod y bechgyn yn newid yn y dosbarth. Aeth hi allan gan

46

Alfred! Mae ychydig bach o botsh fan hyn. Y gair Saesneg yw 'radiators' nid 'rediaitors', ac yn Gymraeg allwch chi ddweud 'gwresogyddion' neu 'rheiddiaduron'.

siarsio y byddai hi 'nôl ymhen 7 MUNUD, a bod disgwyl i bawb fod yn barod yn yr hen ddillad, a'r dillad llaith ar y rediaitors.

Ac felly bu.

Ond pan ddaeth hi 'nôl, doedd hi ddim ar ei phen ei hunan. Roedd ganddi gynffon o blant y tu ôl iddi.

Plant yr hen Flwyddyn 5 oedd rhain, neu, o'i roi mewn geiriau eraill, plant y Flwyddyn 6 newydd!

A dyma pwy oedden nhw:

Ieuan	Eleri
Trystan	Bethan
Maryam	Henri
Tesni	Lea
Isobel	Ffion
Joe	a Tomos.

Hwn yw'r darn sydd fel to stafell ond ei fod tu fewn nid tu fas.

Edrychodd y ddau griw ar ei gilydd. Roedden nhw'n adnabod ei gilydd yn barod, wrth gwrs. Roedd Ysgol y Garn, wedi'r cyfan, yn ysgol fach ac roedd plant o bob blwyddyn yn ffrindiau. Roedd Sara-Gwen yn gyfnither i Tesni, ac roedd Isobel a Joe a Ffion a Tomos yn byw yn yr un stryd â Dewi Griffiths.

Eto i gyd, am eiliad fach, roedd rhyw deimlad rhyfedd wedi cyrraedd y dosbarth, teimlad a oedd yn hofran mewn cwmwl anweledig jyst o dan y nenfwd.

'Reit!' meddai Miss Prydderch am yr eildro, gan droi i edrych ar yr HEN Flwyddyn 6 oedd yn sefyll fel soldiwrs

Ydych chi'n cofio 'drachefn' ym mhennod 4? Wel, mae 'eildro' rhywbeth yn debyg.

mewn rhes o dan y ffenestri. 'Cewch chi ddangos i'r criw newydd ble roeddech chi'n arfer eistedd ac yna . . . bydd hi'n bryd dechrau ar y gwaith!'

Gyda hynny o eiriau, chwythwyd y cwmwl o deimladau anweledig rhyfedd allan drwy ddrws y stafell ddosbarth ac i lawr y coridor ac allan i'r iard a diflannu yng nghanol y glaw.

A dyna beth oedd ras wedyn! Pawb am y gorau eisiau dangos eu desgiau a'u seddi i'w gilydd, a llenwodd y stafell ddosbarth â sŵn lleisiau a chwerthin a chyffro.

6

Peintio'r planedau

◆◆◆◆◆◆◆◆◆◆◆◆◆◆◆◆◆◆◆◆◆◆◆◆◆◆◆◆◆◆◆◆◆

Cyn dechrau'r gwyliau haf, roedd y Flwyddyn 6 newydd wedi dewis mai glas a gwyrdd oedd lliwiau waliau eu dosbarth yn mynd i fod. Roedd Miss Prydderch wedi cynnal pleidlais, ac roedd pawb wedi cael rhoi tri lliw ar ddarn o bapur a'i bostio mewn blwch.

O drwch blewyn, glas a gwyrdd oedd wedi ennill, ac roedd y rhieni wedi bod wrthi yn ystod y gwyliau'n peintio'r waliau yn y lliwiau braf hyn. Felly'r dasg y bore glawiog hwn ar ddiwedd yr haf oedd peintio lluniau arnyn nhw. Wel, nid ar y waliau i gyd yn gyfan – dim ond ar ddwy ohonyn nhw, sef wal y drws a'r wal gefn, a dim ond ar y darnau gwaelod, a bod yn fanwl gywir. Roedd Miss Prydderch eisiau cadw'r darnau top i roi pob math o bethau fel posteri (gan gynnwys y Poster Diarhebion), cerddi, lluniau arwyr a chopïau o waith gan arlunwyr enwog o bedwar ban byd. (A beth bynnag, doedd dim lle ar wal y ffenestri ac roedd Miss Prydderch eisiau cadw wal y bwrdd gwyn yn glir i arddangos siartiau sillafu, tablau

Ffordd arall o ddweud 'dros y byd i gyd'.

51

mathemateg, darnau o waith gorau'r disgyblion a phethau felly.)

Tra bod yr hen Flwyddyn 6 ar ymweliad â'r YSGOL FAWR ar ddiwedd tymor yr haf, roedd y Flwyddyn 6 newydd wedi bod yn trafod gyda Miss Prydderch ac wedi cytuno mai thema'r tymor fyddai 'Y Planedau'.

Y dasg felly oedd peintio'r planedau ar y wal gefn yn y drefn hon:

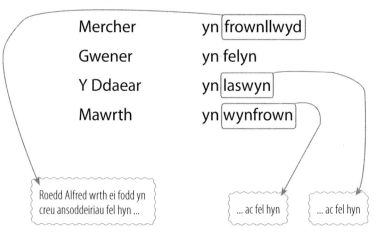

Mercher	yn frownllwyd
Gwener	yn felyn
Y Ddaear	yn laswyn
Mawrth	yn wynfrown

Roedd Alfred wrth ei fodd yn creu ansoddeiriau fel hyn ...

... ac fel hyn

... ac fel hyn

Iau	yn oren
Sadwrn	yn aur
Iwranws	yn las golau

ac ar ôl llawer o drafod, roedden nhw hefyd wedi cytuno rhoi Neifion (mewn glas golau, golau) reit ar y diwedd.

Wyth i gyd, felly.

Hedfanodd gweddill y bore, a phawb yn mwynhau cymysgu paent, creu cylchoedd cywir, gofalus, a gwylio'r wal yn troi'n fydysawd yn araf, araf bach.

Cyn pen dim, roedd Miss Prydderch yn cyhoeddi ei bod hi'n amser golchi dwylo ac yn gosod platiau o frechdanau blasus ar un o fyrddau'r dosbarth.

WEHEI! PICNIC . . .

'Ac ar ôl y picnic, falle byddech chi'n hoffi cael stori am y planedau?' gofynnodd Miss Prydderch.

'**IEEEEEEEIIIIII!**' bloeddiodd yr hen Flwyddyn 6 a neidio a chwifio dwylo'n frwd. Ond roedd y Flwyddyn 6 newydd yn edrych yn syn arnyn nhw. Stori?! Beth yn y byd mawr oedd mor cŵl am gael stori?!

Doedd ganddyn nhw ddim y syniad lleiaf o ba mor rhyfeddol oedd straeon Miss Prydderch.

Chi ar fin cael tipyn o sioc! meddyliodd Alfred wrtho'i hunan.

7

Un tro, amser maith
yn ôl

◆◆◆◆◆◆◆◆◆◆◆◆◆◆◆◆◆◆◆◆◆◆◆◆◆◆◆◆◆◆◆◆◆

Fel fyddech chi'n disgwyl, mynnodd Miss
Prydderch fod y bwyd i gyd yn cael ei
glirio a phopeth yn cael ei ddosbarthu'n
drefnus mewn biniau ailgylchu CYN
bod hawl cael stori. A phan oedd hi'n
hapus bod popeth yn ei le, ac er mwyn
gadael i'r planedau sychu cyn peintio dim
pellach, galwodd bawb i'r gornel ddarllen,

estynnodd ei stôl deircoes o'r stordy, ac agorodd y Llyfr Llwyd.

'Un tro, amser maith yn ôl,' dechreuodd llais Miss Prydderch yn dawel ac yn ddirgel.

Yn sŵn y geiriau bach syml hyn, clywodd Elen Benfelen ei chalon yn curo, ac felly hefyd Alfred Eurig a holl galonnau disgyblion yr hen Flwyddyn 6.

Tybed, tybed i ble fyddai'r antur hon yn mynd â nhw. Does bosib bod hyd yn oed Miss Prydderch ddim yn mynd i fentro i'r PLANEDAU????? . . .

Ond roedd plant y Flwyddyn 6 newydd yn eistedd yn eithaf tawel, heb feddwl am eiliad eu bod ar fin cael profiad stori fythgofiadwy.

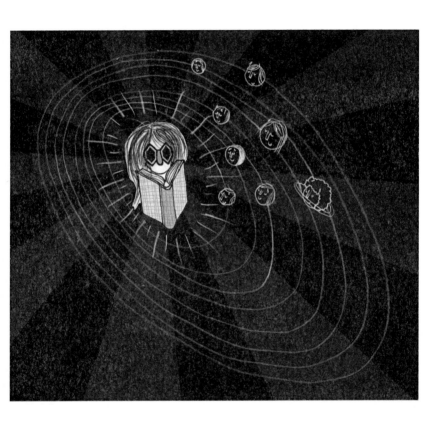

8

Bant â ni!

◆◆◆◆◆◆◆◆◆◆◆◆◆◆◆◆◆◆◆◆◆◆◆◆◆◆◆◆◆◆◆◆◆

'Un tro, amser maith yn ôl, pan oedd pobl wedi dechrau dod i'r darn o dir ry'n ni'n ei alw'n GYMRU heddiw, roedd y Ddaear yn edrych yn wahanol iawn. Doedd dim môr mawr rhwng Cymru ac Iwerddon, ac roedd hi fwy neu lai'n bosib i chi gerdded bob cam o Gymru i Iwerddon ar hyd stribyn o dywod a cherrig mân.'

Edrychodd Alfred ac Elen ar ei gilydd. Fyddai'r antur yn mynd â nhw i Iwerddon o bosib? Edrychon nhw wedyn ar wynebau'r criw newydd. Roedd Ieuan, Eleri, Trystan, Bethan, Maryam, Henri, Lea, Tesni, Isobel, Ffion, Joe a Tomos yn gwrando'n astud. Roedd llais Miss Prydderch rywsut neu'i gilydd yn llwyddo i wneud i bawb wrando'n astud. Ond doedd gan y plant newydd hyn ddim syniad beth FALLE fyddai'n digwydd pe byddai Miss Prydderch yn dweud y geiriau, **'Bant â ni . . .'**

Yn ôl at y stori, ac roedd llais lledrithiol Miss Prydderch yn dal i siarad.

'Does neb yn gwbl siŵr o ble y daeth

Mae dau air Cymraeg am 'magic/magical' sef 'lledrith/lledrithiol' neu 'hud/hudolus', ond mae 'llais' yn mynd yn well gyda 'lledrithiol'... chi'n cytuno?

y Cymry cynnar hyn. Mae rhai'n credu eu bod nhw wedi dod o ogledd y Ddaear a rhai'n credu eu bod nhw wedi dod o'r de, a rhai eraill yn credu eu bod wedi dod o ganol Ewrop. Ond mae un peth yn sicr, pan gyrhaeddon nhw yma, roedden nhw wrth eu bodd, oherwydd roedd yng Nghymru ddigonedd o ddŵr glân. Chi'n gweld, roedden nhw wedi dysgu nad oedd hi'n bosib iddyn nhw fyw heb ddŵr glân. Roedd dŵr y môr yn rhy hallt i'w cadw nhw'n fyw. Ac roedd rhai rhannau o'r Ddaear fawr yn anialwch heb ddŵr o gwbl.

Y gair Saesneg am 'anialwch' yw 'desert' ac mae'n bwysig peidio â rhoi dwy 's' yn 'desert', oherwydd mae 'dessert' (gyda dwy s) yn air am fwyd melys fel pwdin.

'**Heb ddŵr, heb ddim!**' mentrodd Gwyn dorri ar draws y stori.

'Ti'n hollol gywir,' atebodd Miss Prydderch yn falch. 'Mae Gwyn yn llygad ei le. **Heb ddŵr, heb ddim!**'

'Ond os oedd rhai rhannau o'r Ddaear yn anialwch, roedd y darn hwn o'r Ddaear yn llawn planhigion gwyrdd a hardd. Ac wedi cyrraedd a darganfod nentydd ac afonydd a hyd yn oedd ffynhonnau bach lle roedd dŵr yn tarddu o grombil y ddaear, penderfynon nhw aros yma.

'Ac yn y dyddiau hynny, os oedd hi'n bosib i gerdded lle mae'r môr heddiw,

Hynny yw 'yn dod o rywle dwfn iawn, iawn tu mewn i'r ddaear'. Mae 'crombil' yn air bron mor crynshi â 'gwregys'. Crrrrombil. Waw!

roedd hi hefyd yn bosib i gerdded at y planedau sydd fry uwch ein pennau ni. Oherwydd yn y dyddiau hynny, roedd gan y sêr gynffonnau arian oedd yn ymestyn yr holl ffordd o'r awyr at y Ddaear. Llwybrau llwch y sêr oedd y cynffonnau hyn, neu Llwybrau Golau'r Blynyddoedd o roi'r enw arall arnyn nhw, ac ar ambell noson loergan, pan oedd y lleuad yn llawn, roedd bywyd y Ddaear a bywyd y planedau eraill yn cwrdd â'i gilydd . . .'

Stopiodd Miss Prydderch. Ddwedodd neb ddim siw na miw. Roedd llygaid pawb fel soseri. Yna, gofynnodd hi'r cwestiwn hwn:

Roedd Alfred wedi dysgu'r gair hwn mewn cerdd ac roedd e'n ei hoffi'n fawr. Mae'r darn 'gan' yn dod o 'can' sy'n golygu blawd. Ac felly, dyw e ddim yn dweud bod y lleuad yn canu. Mae'n dweud bod y lleuad yn wyn fel blawd.

62

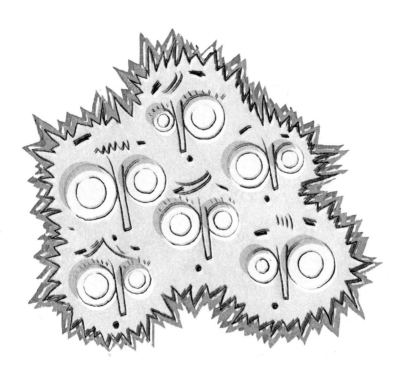

'Hoffech chi fynd am dro ar hyd un o'r llwybrau llwch, ar hyd un o Lwybrau Golau'r Blynyddoedd?'

A heb wybod yn iawn pam, oherwydd roedd hi'n anodd gwybod ai cyffro neu ofn oedd yn eu calonnau, dyma'r plant i gyd yn nodio eu pen.

Gyda hynny, daeth y geiriau canlynol o geg Miss Prydderch:

'O'r gorau. **Bant â ni!!!!!**'

A chydag un chwyrlïad swnllyd cododd y plant i gyd ar garped y gornel ddarllen ac allan â nhw drwy'r ffenest nes eu bod nhw fry uwch ben y cymylau yn hedfan ynghynt na'r gwynt ar antur newydd sbon.

'Ta ta, glaw!' gwichiodd Anwen Evans yn gyffro i gyd, ac ymunodd ei hen ffrindiau gyda hi gan godi llaw a gweiddi: **'HELÔ, HAUL!'**

Ond roedd pob un o griw y Flwyddyn 6 newydd yn dal yn dynn yn ei gilydd a'u hwynebau'n welw, welw a'u calonnau'n curo'n rhy gyflym i ddweud 'ta-ta' na 'helô' na dim.

A chyda hynny, aeth popeth yn dywyll.

9

Tywyllwch

••

Tywyllwch. Tawelwch. Distewodd y chwerthin a chlosiodd y plant i gyd yn nes at ganol y carped lle roedd Miss Prydderch yn eistedd ar ei stôl deircoes yn dal yn y Llyfr Llwyd. Nid eu bod nhw'n gallu ei gweld hi. Roedd popeth yn ddu fel bola buwch. Fesul un,

Doedd Alfred erioed wedi bod tu mewn i fola buwch ond roedd e'n gallu dychmygu'n iawn pa mor dywyll fyddai hi yno.

dechreuon nhw ddal dwylo ei gilydd. Doedd dim pawb yn meddwl bod hyn yn beth cŵl iawn i'w wneud, ond hei-ho, a hithau'n dywyll, dywyll a nhw mewn lle ymhell uwch ben hen blaned y Ddaear, doedd bod yn cŵl rywsut ddim yn teimlo'n bwysig iawn.

Pan synhwyrodd Miss Prydderch fod pawb wedi tawelu, gofynnodd drwy'r tywyllwch. 'Ydych chi gyd yn iawn?'

Atebodd neb.

'Un funud fach arall o dywyllwch a fyddwn ni'n cyrraedd y llwybrau llwch, sef Llwybrau Golau'r Blynyddoedd.'

Ar y gair, digwyddodd rhywbeth rhyfeddol! Daeth tyllau bach yn y blanced o dywyllwch a dechreuodd y carped hud a'r plant i gyd a Miss Prydderch a'r stôl

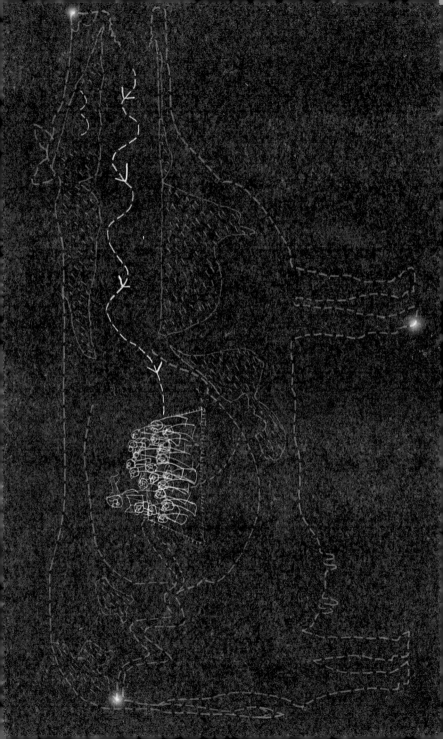

deircoes symud yn dawel braf drwy fyd o felfed du lle roedd goleudau bach pefriog aur ac arian yn disgleirio ym mhobman.

Rhain oedd llwch y sêr!

Doedd neb o'r holl ddisgylion erioed wedi gweld dim byd mor brydferth.

Wrth i'r carped hud ddringo'n uwch, tyfodd y darnau llwch ychydig yn fwy, ac roedd rhai ohonyn nhw fel petaen nhw'n wincio a'u golau'n troi yn biws a phinc a fioled a glas . . . a choch hyd yn oed.

'Miss Prydderch?' sibrydodd llais bach Tesni.

'Ie, Tesni?' atebodd Miss Prydderch a'r ddau air 'Ie, Tesni' yn gofyn hefyd: 'Beth sy'n bod, Tesni?'

Cwestiwn syml oedd gan Tesni: 'I ble ni'n mynd?'

'Ni'n mynd, Tesni fach, i Blaned y Blodyn Bodyn!'

Trodd y plant i edrych ar ei gilydd.

'Dwi ddim erioed wedi clywed am y Blodyn Bodyn,' sibrydodd Sara-Gwen wrth Elen, 'wyt ti?'

Ysgydwodd Elen ei phen, a chyda hynny, teimlodd y plant i gyd rywbeth yn debyg i linyn ysgafn yn cyffwrdd â thop eu pennau.

'Wow! Beth oedd hwnna?'

holodd Alfred gan godi ei law at ei wallt. Disgynnodd y carped hud ychydig cyn codi eto.

'Hwnnw oedd un o gyffonnau'r sêr a dechrau un o Lwybrau Golau'r Blynyddoedd,' meddai Miss Prydderch.

'Bydd rhaid i ni ddewis y gynffon gywir

ac yna, gallwn ni ddechrau ar ein taith ar hyd y llwybrau llwch **yn ôl ac yn ôl ac yn ôl** i Amser cyn bod Amser ac i fyd heibio i'r holl flynyddoedd.'

Yna stopiodd yn sydyn. **'Mmmmm!'** meddai wedyn. 'Ond pa un yw cynffon y llwybr sy'n arwain at Blaned y Blodyn Bodyn? Oes rhywun yn gwbod?'

Erbyn hyn, roedd Miss Prydderch wedi codi ei phen i edrych a dilynodd y plant ei hesiampl. **A dyna syndod!** Roedd llond tywyllwch o gynffonnau llwch fel cynffonnau ŵyn bach y gwanwyn, yn chwyrlïo a disgleirio'n dawel. Degau, nage, **cannoedd**, nage **miloedd** ohonyn nhw!

'Falle bod well i ni fynd 'nôl adre?' holodd Molly'n betrusgar. (Doedd Molly ddim cweit mor anturus ag y buodd hi ar ôl y digwyddiad brawychus hwnnw yn y niwl mawr yn Llyfr 5.)

'Byddi di'n iawn a byddi di wrth dy fodd, a bydd hi'n werth i chi gyd weld y blaned ryfeddol hon, wir i chi,' meddai Miss Prydderch, a chan syllu drachefn ar y llinynnau llwch yn dawnsio uwch ei phen, ychwanegodd: 'Rhowch eiliad i mi gael ceisio cofio pa un yw'r un cywir, a thra 'mod i'n chwilio, gwisgwch chi un o'r rhain,' ac estynnodd i mewn i grombil ei bag rhwyd llwyd a thynnu sawl pâr o sbectol siâp hecsagon allan – un yr un i bawb.

Nid sbectol oedden nhw'n hollol, oherwydd roedd gan bob un botyn bach yn sownd iddyn nhw hefyd. 'Fel hyn,'

Roedden nhw'n atgoffa Alfred o'r masgiau nwy roedd e wedi eu gweld yn y prosiect am yr Ail Ryfel Byd.

meddai Miss Prydderch, a dangosodd sut oedd yr elastig i fod i fynd y tu ôl i'r pen i ddal y sbectol yn gadarn ar y clustiau, a'r potyn bach yn gorchuddio'r trwyn.

Yna, mewn llais cadarn na fyddai neb wedi mentro ei groesi, dwedodd, 'A does NEB i fod i dynnu'r sbectol nes i fi ddweud. Maen nhw'n bwysig i warchod ein llygaid ni rhag y golau llachar a'n trwynau ni rhag y gronynnau llwch.'

Trodd Alfred i edrych ar Elen. Roedd hi, fel pawb, yn edrych yn hollol sili ond tybed a oedd yr un peth yn mynd drwy feddwl y ddau ohonyn nhw? Oedd. Yn bendant. Roedd e'n gwybod hyn

Falle byddai 'gwirion' yn air gwell.

72

Plis Miss P, dewisiwch y gynffon gywir!

yn ffaith pan sibrydodd Elen: 'Plifigiss, Mifigisss Pifigi, defegewifigiswfwgwch yfygy gyfygynffofogon gyfyfygywifigir!'

Ac wrth i'r plentyn olaf wisgo'r sbectol daeth llais cyffrous Miss Prydderch.

'A!!!! Dyma fe!!!' Roedd hi wedi codi o'i stôl deircoes i estyn ei dwylo i'r tywyllwch uwch ben. Cyn belled ag y gallai'r plant weld doedd dim gwahaniaeth o gwbl rhwng y llinynnau â'i gilydd, ond roedd Miss Prydderch yn amlwg yn bendant ei bod wedi cael gafael yn yr un cywir.

'Daliwch yn dynn yn eich gilydd,' meddai. 'Ry'n ni ar fin mynd am reid!!!!'

Gyda hynny, cyrliodd corneli'r carped hud i mewn tua'r canol gan ddal y plant i

73

Doedd gan Alfred ddim syniad beth yw hwn yn Gymraeg.

gyd fel cig mewn sosej rôl. Yna, llithrodd yn gyfochrog ag un o'r cynffonnau cyn rhowlio i mewn i geg un o'r llwybrau llwch fel trên ar drac, a chyn i neb allu dweud tedigarlibwns nac alhambra, roedd y criw i gyd, y 21 ohonyn nhw, a Miss Prydderch yn *dringo* ac yn *disgyn* ac yn *dringo* ac yn *disgyn* ar donnau dirgel un o Lwybrau Golau'r Blynyddoedd.

'Abracadabra' roedd e'n feddwl, ond roedd Alhambra gwyliau Ben Andrews yn ei feddwl, mae'n rhaid.

Diolch, Superted.

10

Cyrraedd Planed
y Blodyn Bodyn

◆◆◆◆◆◆◆◆◆◆◆◆◆◆◆◆◆◆◆◆◆◆◆◆◆◆◆◆◆◆◆◆

Roedd y plant yn gwichian-chwerthin.
Roedd hwn yn well nag Oakwood, a gwell
nag Alton Towers a Gelli Gyffwrdd a gwell
nag unrhyw ffair yn y byd i gyd!

Ac er ei bod hi'n dywyll y tu hwnt i'r
llwybr, roedd y llwybr ei hun fel un paladr
o olau hudolus.

Y gair Saesneg am 'paladr' yw
'beam', sef un golofn o olau.

Roedd Miss Prydderch wedi dysgu'r llinell hon o
waith bardd o'r enw Ceri Wyn Jones i'r dosbarth
ac roedd Alfred yn meddwl ei bod hi'n ffab.

Erbyn hyn roedden nhw'n teithio ar gyflymder golau ac wedi hen wibio heibio i'r Lleuad ac i blanedau Mawrth, Iau, Sadwrn ac Iwranws.

Yna, yn ddirybudd, dechreuodd y carped hud arafu ei daith. Yn araf, dadgyrliodd yr ochrau a symudodd y plant ychydig o'r canol ac ymhellach oddi wrth ei gilydd.

Gyda hynny, daeth sŵn bach 'THYMP'. 'A!' meddai Miss Prydderch. 'Yn dawelach na chwymp deilen!' a glaniodd y carped ar arwyneb meddal a oedd rhywbeth yn debyg i dywod.

'A dyma ni! Wedi cyrraedd. Croeso i Blaned y Blodyn Bodyn!'

Roedd Miss Prydderch ar ei thraed yn crwydro o amgylch ymylon y carped

77

Go dda wir!

ac yn cyfri'r criw i gyd . . . 'Un deg naw, dau ddeg, dau ddeg un! **Go dda!** Mae pawb yma!' meddai'n llawen.

Gofogo ddafaga'n wifigir! meddyliodd Elen. *Fyddai hi ddim wedi bod yn dda o gwbl pe bai un ohonon ni wedi syrthio allan yn rhywle ar hyd y llwybr llwch. Dim o gwbl.*

'Cewch chi dynnu eich sbectol nawr a'u rhoi yn ôl i mi, os gwelwch yn dda.'

Wedi tynnu'r sbectol roedd golygfa ryfeddol o flaen llygaid y plant. Aeth rhai ati i rwbio eu hamrannau. Ac roedd rhai, heb os, yn meddwl yn siŵr eu bod nhw'n breuddwydio ac wedi glanio ar draeth yn rhywle rhwng nos a dydd, lle roedd llwch arian-llwyd yn lle tywod aur-felyn,

Rhywbeth rhwng llwyd ac arian.

Rhywbeth rhwng aur a melyn.

a thywyllwch yn lle môr, a gorwel lle roedd enfys yn lle haul naill ai'n ceisio cysgu neu ddeffro . . . anodd dweud pa un.

'Miss Prydderch?' Trodd Miss Prydderch a gweld bod Isobel wedi codi ei llaw i ofyn cwestiwn.

'Ie, Isobel, be sy?'

'Miss Prydderch, mae syched arna i.'

A chyn gynted ag y bo Isobel wedi codi'r mater, dechreuodd pawb sylwi eu bod yn sychedig.

'A fi!' 'A fi!' 'A fi!' daeth corws o leisiau.

'A! Wrth gwrs!' meddai Miss Prydderch. 'Mae teithio drwy'r blynyddoedd ar y llwybrau llwch yn waith sychedig iawn.' Ac i mewn â'i llaw i grombil y bag rhwyd llwyd lledrithiol. Estynnodd gwpan bach

Byddwch chi'n cofio'r tric anhygoel hwn os y'ch chi wedi darllen Llyfrau 1–5.

yr un i bawb ac un botel anferth o ddŵr. Yna, trodd ar ei sawdl a hollti'n ddwy.

Ie. HOLLTI'N DDWY!!!

Roedd criw yr hen Flwyddyn 6 wedi arfer â'r tric anhygoel hwn, ond Mawredd **Mawr!!!!** Dyna sioc gafodd y Flwyddyn 6 newydd. Doedden nhw ddim yn gallu credu'r fath beth. Yna, o'u blaenau, roedd DWY MISS PRYDDERCH. Un mewn sanau pinc a smotiau melyn a'r llall mewn sanau melyn a smotiau pinc.

Ond sioc neu beidio, roedd blas y dŵr ar eu gwefusau ac ar eu tafodau'n fendigedig, ac er mai dim ond ychydig bach oedd yng nghwpan pawb, roedd digon.

'Nawr 'te,' meddai Miss Prydderch. 'Gan ein bod ni wedi dod mor bell, bysai'n

dda cael gweld y Blodyn Bodyn ei hun.
Planhigyn bach . . . '

OND cyn iddi allu gorffen ei brawddeg,
taranodd sŵn byddarol **CRAS,** fel
pe petai cawr gwallgo, crac a blin yn
bwrw mil o sosbenni yn erbyn ei gilydd.
Ysgydwodd y blaned i gyd, a chyda'r
rhu cawraidd 'RHAAAAAA', daeth

Chwa neu storm o wynt yw 'cwthwm o wynt'.

cwthwm o wynt cynnes, yn union fel petai rhywun wedi cynnau sychwr gwallt y pen mwyaf blewog a welodd yr un plentyn erioed.

Roedd yr enfys ar y gorwel yn crynu, a'r plant i gyd wedi cael eu taflu'n bendramwnwgwl yn ôl i ganol y carped hud.

Pan stopiodd y sŵn, edrychodd pawb ar ei gilydd mewn syndod.

Roedd gwallt pob plentyn yn sticio i fyny yn yr awyr i bob cyfeiriad, ac roedd gwallt y ddwy Miss Prydderch WEDI DIFLANNU!!!

11

Trwsio'r to

◆◆◆◆◆◆◆◆◆◆◆◆◆◆◆◆◆◆◆◆◆◆◆◆◆◆◆◆◆◆◆

Adre 'nôl yng Ngwaelod y Garn, roedd mam Alfred wedi gofyn i dad Dewi Griffiths (sy'n saer ardderchog ac yn bencampwr ar drwsio pob math o bethau), i ddod draw i'r tŷ i drwsio to'r sied. Roedd gan Mr Griffiths ysgol bwrpasol i fynd i ben toeau ac roedd wedi gorffen y job mewn chwinciad.

Sef mwy nag un 'to'. Gallwch chi hefyd ddweud 'toau', 'toeon', 'toi', ond dim 'tos'.

Ystyr hwn yw dweud beth sy'n mynd i ddigwydd CYN ei fod wedi digwydd.

'Drennydd' yw'r diwrnod ar ôl fory. Heddiw. Fory. Drennydd.

Erbyn hyn, roedd y ddau ohonyn nhw'n cael paned o goffi yn y gegin, a'r newyddion mawr gan Mr Griffiths oedd bod dyn y tywydd ar y teledu wedi darogan y byddai'r tywydd yn troi erbyn drennydd.

'A dweud y gwir,' dwedodd wrth mam Alfred, 'yn ôl y sôn, ry'n ni'n mynd i gael cyfnod o haul braf am o leia wythnos, a falle mwy!'

'Haf Bach Mihangel cynnar – bendigedig!' dwedodd mam Alfred yn freuddwydiol, ond bron cyn iddi orffen y frawddeg . . .

RHAAAAAA!!!! **CRASH!!!!**

Dyma'r ffordd mae'r Cymry'n disgrifio haf sy'n dod ar ôl yr haf, fel arfer ym mis Medi. Dyw e ddim yn dod bob blwyddyn. Dim ond weithiau.

Daeth taran fawr a mellten, a byrstiodd cwmwl enfawr arall gan arllwys mwy o law trwm dros Waelod y Garn.

Chwarddodd Mr Griffiths a mam Alfred mewn syndod!

'Wel, wel, wel! Bydd well i mi fynd yn gyflym cyn y bydd angen cwch arna i i fynd adre!' meddai Mr Griffiths gan edrych allan ar y stryd a gweld y glaw yn bownsio oddi ar y tarmac.

'Dim ond gobeithio bod dyn y tywydd yn iawn!' meddai mam Alfred gan arwain Mr Griffiths at y drws. 'Byddai'n dda cael cip ar yr haul cyn i'r gaeaf ddod!'

Estynnodd Mr Griffiths am ei got a'i het a meddyliodd mas yn uchel, 'Tybed sut mae'r plant yn dod i ben â'r gwaith peintio?'

'Maen nhw wrth eu bodd, 'sdim dowt,' atebodd mam Alfred. 'Mae Alfred a Dewi siŵr o fod yn baent o'u pen i'w traed!'

Chwarddodd y ddau a rhowlio eu llygaid, fel mae oedolion yn tueddu gwneud, cyn i Mr Griffiths ruthro allan at ei fan.

. . . Doedd gan yr un o'r ddau y syniad lleiaf bod eu plant ar yr eiliad honno yn rhywle ymhell, bell, bell i ffwrdd wedi dod o fewn trwch blewyn i gael eu chwythu i'r tywyllwch di-ben-draw gan Gawr Mawr y Sychder Maith.

RHHAAAAAAAA!

Mae rhywbeth di-ben-draw yn rhywbeth heb ddiwedd. Rhywbeth ENFAWR.

12

Hiraeth

◆◆◆◆◆◆◆◆◆◆◆◆◆◆◆◆◆◆◆◆◆◆◆◆◆◆◆◆◆◆◆◆◆◆

Tua'r un pryd, draw mewn gwesty braf yn ninas Granada yn ne Sbaen, roedd Ben Andrews yn ceisio cadw'n cŵl a chuddio rhag yr haul mawr, melyn. Roedd e'n teimlo'n eithaf hiraethus. *Peth od yw gwyliau*, meddyliodd Ben. Roedd e'n sylweddoli'n iawn ei fod e'n lwcus ofnadwy i gael mynd ar wyliau bob haf. Ond bob haf, ar ôl edrych ymlaen yn fawr at fynd, roedd e bob amser hefyd yn edrych ymlaen yn fawr at ddod adre. Rhyfedd.

Dyna biti bod batri ffôn Elen wedi colli ei nerth cyn iddyn nhw gael gorffen sgwrsio'n iawn.

Tybed beth oedd y criw wrthi'n ei wneud? meddyliodd Ben wrtho'i hunan.

Estynnodd eto am ei ffôn. Beth am anfon neges? Gair yn Garneg? Falle bod batri ffôn Elen wedi deffro erbyn hyn.

'Hefegelofogo! Blefege'r yfygych chifigi?'

Tybed a oedd pawb yn sied Alfred o hyd, meddyliodd, *neu falle bod pawb yn y parc. Falle bod pawb wedi mynd adre i'w tai eu*

Helô! Ble'r y'ch chi?

hunain i gael cinio. Falle eu bod nhw allan
yn chwarae yn y glaw.

OOOO! Am gael gweld y glaw,
meddyliodd Ben.

Ac er gwaethaf pob 'falle' oedd ym
meddwl Ben, doedd Ben, ddim mwy
na mam Alfred na Mr Griffiths, wedi
dychmygu *falle* fod ei ffrindiau ar yr eiliad
honno yn rhywle ymhell, bell, bell i ffwrdd
wedi dod o fewn trwch blewyn i gael eu
chwythu i'r tywyllwch di-ben-draw gan
Gawr Mawr y Sychder Maith.

RHHAAAAAAA!

Doedd y 'falle' hwnnw heb groesi ei
feddwl.

13

Tri chwestiwn

◆◆◆◆◆◆◆◆◆◆◆◆◆◆◆◆◆◆◆◆◆◆◆◆◆◆◆◆◆◆◆◆

Roedd pethau braidd yn lletchwith ar Blaned y Blodyn Bodyn. Dyna lle roedd y plant i gyd a'u gwalltiau'n bigau ym mhob cyfeiriad, a dyna lle roedd y ddwy Miss Prydderch heb wallt o gwbl.

Doedd neb yn hollol siŵr beth i'w ddweud. Ond fel arfer, Miss Prydderch oedd y cyntaf i dorri ar y tawelwch.

'Mae gen i syniad go lew beth oedd yn gyfrifol am y sŵn yna!' meddai gydag

Hwn yw'r sŵn sy'n dod allan o'ch ceg chi pan y'ch chi'n gadael un anadl fawr i ddianc; fel arfer pan y'ch chi wedi blino neu'n siomedig neu'n drist.

un ochenaid drist, cyn ychwanegu dan ei hanadl, 'Hen Gawr Mawr y Sychder Maith oedd yno, heb os! Ta waeth! Nawr 'te. Lle o'n i?' holodd wedyn gan droi ar ei sawdl nes bod y ddwy Miss Prydderch 'nôl yn un.

'Roeddech chi ar ganol dweud, gan ein bod ni wedi dod mor bell, bysai'n dda cael gweld y Blodyn Bodyn ei hun,' mentrodd Elen, gan geisio peidio â syllu ar ben moel Miss Prydderch.

'A ie!' atebodd Miss Prydderch yn sionc. 'Ie, y Blodyn Bodyn. Planhigyn bach arbennig iawn yw'r Blodyn Bodyn. Dydy e ddim mwy na bys bawd babi, dyna pam mae ganddo'r enw Blodyn Bodyn. Mae'n debyg iawn i fwswg, am ei fod yn feddal ac esmwyth ac yn hoffi tyfu mewn clwstwr.

Ond mae dau beth arbennig iawn am y Blodyn Bodyn . . .'

Yna, dyma Miss Prydderch yn tynnu anadl ac yn stopio siarad. Bob tro y byddai Miss Prydderch yn gwneud hyn (tynnu anadl a stopio siarad), gallech chi fod yn gwbl siŵr ei bod hi ar fin dweud rhywbeth ANHYGOEL. Ac yn wir, dyma beth ddwedodd hi nesaf . . .

'Yn y lle cyntaf, mae'r Blodyn Bodyn yn gallu goleuo yn y tywyllwch! Yn ail . . . mae'n gallu canu!'

Nawr, roedd Alfred wedi clywed am fwydod oedd yn gallu goleuo yn y tywyllwch, ac mae pawb yn gwybod fod adar yn gallu canu, ond doedd e ddim ERIOED wedi clywed am blanhigyn oedd yn gallu na goleuo na chanu!

'Naturiaethwr' yw rhywun sy'n gwybod llawer am fyd natur ac sy'n astudio byd natur yn ofalus.

'O Miss! PLIIIIIS gawn ni 'u gweld nhw!' gofynnodd Lewis Vaughan, oedd yn ffansïo ei hun fel tipyn o naturiaethwr.

'Wrth gwrs!' meddai Miss Prydderch. 'Dyna pam ni 'di dod yma! Y cwestiwn mawr cynta yw . . . ble maen nhw?' a gyda hynny cododd ei bys i grafu ei phen. Dyna pryd y sylweddolodd hi nad oedd ganddi wallt o gwbl.

'O! Wps! . . . A'r ail gwestiwn,' meddai, 'yw ble yn y byd mae fy ngwallt i?!'

'O Miss!' meddai Anwen Evans. 'Nawn ni chwilio am eich gwallt chi! Mae'n rhaid ei fod e yma'n rhywle!'

'Diolch i ti, Anwen!

'A'r trydydd cwestiwn,' meddai Miss Prydderch, 'yw a ydy'r Blodyn Bodyn yn saff ar ôl ymweliad CAWR MAWR

Y SYCHDER MAITH. Hen fwli mawr yw e ac mae e'n hoffi chwythu ei dymer wyllt dros bopeth a cheisio lladd unrhyw beth byw!'

LLADD UNRHYW BETH BYW?!!!

Doedd Alfred ddim yn hoffi sŵn y frawddeg honno. Wedi'r cyfan, roedd e (a phawb arall ar y carped), yn bethau byw … **laics!**

Tybed a oedd Miss Prydderch wedi mentro'n rhy bell y tro yma?

Ond roedd hi'n rhy hwyr nawr. Roedden nhw yno. Ar y carped hud. Ar y blaned. A dim o'u cwmpas ond llwch. Ac Ysgol y Garn a phawb ymhell bell i ffwrdd. A chyn i Alfred gael cyfle i feddwl am fwy o broblemau, curodd Miss Prydderch ei dwylo'n sionc a dechrau dosbarthu'r sbectol eto.

'Reit! Gwisgwch rhain yn ôl am eich llygaid a'ch trwynau a dilynwch fi! Bydda i yn y blaen,' yna trodd ar ei sawdl ac ymddangosodd yr ail Miss Prydderch. 'A byddaf i yn y cefn,' meddai honno, a gyda'i gilydd meddai'r ddwy: 'A does NEB i fod i grwydro!'

Doedd dim peryg o hynny. Roedd gormod o ofn ar bawb i fentro mynd am dro ar ei ben ei hun. Roedd hi'n weddol dywyll, fel yr awr rhwng dydd a nos, a'r unig olau iawn oedd golau'r enfys ar y gorwel.

Ac ar wahân i ambell bentwr creigiog, roedd y blaned yn wag. Yn hollol wag.

Sai'n credu bod dim yn tyfu fan hyn.

Na fi.

Dwi ishe mynd adre.

'Safagai'n crefegedufugu fofogod difigim yfygyn tyfygyfufugu fafagan hyfygyn,' sibrydodd Lewis Vaughan wrth Alfred.

'Nafaga fifigi,' atebodd Alfred.

'Dwifigi ifigishefege myfygynd afagadrefege,' meddai llais bach tu mewn i ben Elen. Ond ddwedodd hi ddim byd mas yn uchel.

A dechreuodd y rhes o blant sbectolog gerdded yn dawel ar draws y blaned bell.

Doedd Alfred ddim yn siŵr a oedd hwn yn air o gwbl, ond roedd e'n swnio'n un da.

14

Ble mae'r
Blodau Bodiau?

◆◆◆◆◆◆◆◆◆◆◆◆◆◆◆◆◆◆◆◆◆◆◆◆◆◆◆◆◆◆

Roedden nhw wedi bod yn cerdded am oriau, ond yn rhyfedd iawn doedd hi'n tywyllu dim. Na chwaith yn goleuo. Roedd popeth yn aros yn union yr un fath. A doedd yr enfys ar y gorwel ddim yn dod yr un fodfedd yn nes.

A dweud y gwir, roedd Elen wedi meddwl sawl gwaith eu bod nhw'n cerdded yn yr unfan! Troed Dde. Troed Chwith. De. Chwith. De. Chwith. De, Chwith. De, Chwith. De, Chwith.

Ac O'R DIWEDD – ymhen HIR A HWYR – daeth llais y Miss Prydderch binc ar flaen y rhes a dweud mewn sibrydiad uchel, clir:

'STOP!'

Rhewodd y plant yn yr unfan.

O'u blaenau roedd cylch o gerrig.

Pwyntiodd Miss Prydderch Smotiau Pinc atyn nhw a dweud, 'Os oes Blodau Bodiau ar ôl, yna, maen nhw'n debygol o fod yn fan hyn yn rhywle.' Yna daeth llais Miss Prydderch Smotiau Melyn, 'Ewch chi i chwilio, ond mewn grwpiau o ddau neu dri. Does NEB i fod i grwydro ar ei ben ei hun.'

Ry'ch chi SIŴR O FOD yn cofio mai dyma HOFF losin Alfred.

'Miss Prydderch?' Tesni oedd wedi codi ei llaw. 'Mae eisiau bwyd arna i.'

Daeth corws o leisiau llwglyd, **'A fi, a fi, a fi, a fi! . . .'**

Gwenodd Miss Prydderch, 'Wel, wyddoch chi beth? Pan ddown ni o hyd i'r Blodau Bodiau byddwn ni'n siŵr o ddod o hyd i falws melys. Oherwydd o dan ddail y Blodyn Bodyn yw'r lle gorau yn y byd i dyfu malws melys.'

Dechreuodd y plant guro dwylo a chwerthin a dweud '**MMMMMM**', nes i Tesni ddweud 'Ond beth os na ddown ni o hyd i'r Blodau Bodiau?'

Ac wrth i'r plant edrych o'u cwmpas, roedd cwestiwn Tesni'n ymddangos yn un teg iawn. Oherwydd, a bod yn hollol onest, doedd hi ddim yn edrych yn rhy addawol. Roedd popeth yn rhy lwyd a llychlyd i unrhyw beth allu tyfu, heb sôn am flodyn oedd yn gallu canu a goleuo a chuddio malws melys o dan ei ddail.

Ond roedd Miss Prydderch yn barod gydag ateb. I mewn â'i llaw i'r bag rhwyd llwyd. Tynnodd liain a'i ysgwyd a'i osod ar y llawr. Yna, tynnodd 23 o blatiau, un yr un i'r plant = 21, ac un yr un i'r ddwy Miss Prydderch = 23. Ar bob plât roedd brechdan, ffrwyth a darn o gacen. **Anhygoel!**

Wrth weld y bwyd, sylweddolodd pawb, nid dim ond Tesni, eu bod nhw'n llwgu, a heb oedi mwy, dyma eistedd a bwyta nes bod pob briwsionyn wedi diflannu.

Sef wir, wir eisiau bwyd.

Y bôn yw'r darn ar y gwaelod. (Dydy 'fôn' ddim byd i'w wneud gyda Lewis Vaughan.)

Wel . . . BRON pob briwsionyn.

Wrth fod Anwen Evans yn rhoi'r darn bach olaf o gacen yn ei cheg, gwelodd rywbeth cyfarwydd o gornel ei llygad.

'Miss Prydderch!' gwaeddodd yn llawn cynnwrf gan neidio ar ei thraed.

Dychrynodd pawb. Rhedodd rhai at ei gilydd, a sarnwyd y platiau a'r gweddillion bwyd yn bendramwnwgwl i bob cyfeiriad.

'Miss Prydderch! Miss Prydderch! Miss Prydderch!'

Roedd Anwen yn pwyntio at fôn un o'r cerrig mawr.

'Eich gwallt chi!!!'

Trodd llygaid pawb yn araf ofalus at

Wel, nid pawb; roedd rhai yn rhy ofnus i edrych.

y man lle roedd bys Anwen Evans yn eu cyfeirio.

Ac yno, yng nghanol y llwch, bron iawn yn anweledig, roedd rhywbeth a edrychai'n debyg iawn i wallt Miss Prydderch.

'Wel, Anwen! **Ardderchog!**' curodd y ddwy Miss Prydderch eu dwylo'n hapus a throi 'nôl yn un, cyn sgipio draw at y garreg a chydio yn y pentwr gwallt a'i roi yn dwt ar ei phen.

Tro Alfred oedd hi nawr i ddweud 'STOP!'

'**STOP!** Miss Prydderch! **STOP!**' gwaeddodd.

Edrychodd pawb yn syn arno. Doedd hi ddim yn arferol i neb ddweud STOP wrth Miss Prydderch.

Ond roedd llygaid Alfred yn fawr fel soseri wrth syllu ar fôn y garreg – yn union at y fan lle roedd y gwallt wedi bod.

Dilynodd y gweddill ei lygaid yn betrus.

Beth yn y byd oedd Alfred wedi ei weld?

'Ooooooo!!!'

Os ydych chi'n mynd 'wysg eich cefn', ry'ch chi'n mynd tuag yn ôl er eich bod chi'n wynebu ymlaen.

Tynnodd pawb anadl siarp ac agor eu llygaid led y pen.

Yno, ar y llawr, yn llechu yn y llwch, oedd clwstwr bach o'r blodau mwyaf rhyfeddol a fu erioed. Blodau bach yn dal yn dynn yn ei gilydd. Blodau bach oedd yn wincio golau.

Y Blodau Bodiau!!!

Camodd Miss Prydderch yn araf, araf yn ôl at y plant wysg ei chefn.

Rhoddodd ei bys ar ei gwefus, a dangos i'r plant na ddylai neb ddweud gair. **'Shhh**. Dim smic!' meddai mewn llais tawel, tawel. 'Ydych chi'n gallu'u clywed nhw'n canu?'

Gwrandawodd y plant yn astud.

Ust?!

104

Ond na. Doedd dim sŵn o gwbl yn dod o gyfeiriad y clwstwr blodau.

'Alfred,' meddai Miss Prydderch yn dawel, 'oes gen ti dy chwistl-drwmp?'

Doedd Alfred ddim yn siŵr sut i ateb y cwestiwn. Nid bod e ddim yn gwybod yr ateb. Roedd e'n bendant yn gwybod yr ateb. A'r ateb wrth gwrs oedd 'oes'. Oherwydd doedd Alfred ddim yn mynd i unman heb y chwistl-drwmp, jyst doedd e ddim yn siŵr a oedd e eisiau dweud ei bod hi gydag e, rhag ofn y byddai Miss Prydderch yn gofyn iddo'i thynnu allan a'i chanu. A doedd e ddim bob amser yn yr hwyliau i wneud . . .

'Ti'n gweld,' meddai Miss Prydderch, 'falle, petai'r blodau'n clywed nodau'r chwistl-drwmp, falle byddai hynny'n rhoi hwb iddyn nhw ganu . . .'

Roedd llygaid Alfred yn edrych ar y llawr.

'O plis, Alfred!' Lewis Vaughan oedd y cyntaf i sibrwd.

'Ie plis,' dechreuodd pawb arall sibrwd hefyd, nes bod y sibrwd yn llawer rhy uchel a thorrodd llais Miss Prydderch ar eu traws gan ddweud:

'Shhh,' a phwyntio at y clwstwr bach oedd yn wincio'n llawer llai llachar ac yn bygwth diffodd yn llwyr.

Pan dawelodd pawb, dychwelodd y golau i befrio o'r Blodau Bodiau.

A thra bod pawb yn syllu ar y blodau, tynnodd Alfred ei chwistl-drwmp o'i wregys heb fod neb yn sylwi, a dechreuodd ganu cân fach.

Tri neu bedwar nodyn. Saib. Tri neu bedwar nodyn arall. Saib arall.

A'r tro hwn . . . yn yr ail saib, dechreuodd y Blodau Bodiau ganu yn ôl . . .

ANHYGOEL!

Roedd eu miwsig fel miwsig nodau sidan a mwswg yn gymysg gyda'i gilydd, neu fel mwisig murmur canu o dan y môr, neu fel miwsig oedd yn swish-swishan yn araf, neu fel miwsig nodau tannau bach y delyn yn tincial, neu fel miwsig . . . wel, fel miwsig Blodyn Bodyn.

A phan stopiodd Alfred i wrando'n astud, gallai daeru ei fod yn clywed y blodau'n canu geiriau hefyd:

Os wyt ti'n 'taeru', rwyt ti'n mynnu bod rhywbeth yn iawn.

Gawn ni ddŵr, ddŵr, ddŵr?

O! Mae syched arnom ni!
Gawn ni ddŵr, ddŵr, ddŵr?

O! Mae syched arnom ni!
Gawn ni ddŵr, ddŵr, ddŵr?

O! Mae syched arnom ni!
Gawn ni ddŵr, ddŵr, ddŵr?

A dyma oedd y nodau a glywai Alfred:

Edrychodd o'i gwmpas mewn syndod.
Doedd dim posib dweud a oedd unrhyw
un o'r plant eraill yn clywed yr un geiriau.
Roedd wyneb pawb yn syfrdan. Yn araf

bach, dechreuodd traed pawb gamu'n nes at y Blodau Bodiau. Roedd y nodau hudolus fel magned yn eu denu at y golau a'r miwsig rhyfeddol.

Ymhen dim, roedd y criw cyfan mewn cylch o amgylch y clwstwr bach lleiaf.

Ond roedd y sain yn mynd yn dawelach ac yn dawelach, a'r golau'n mynd yn wannach ac yn wannach.

O! Mae syched arnom ni!
Gawn ni ddŵr, ddŵr, ddŵr?

O! Mae syched arnom ni!
Gawn ni ddŵr, ddŵr, ddŵr?

O! Mae syched arnom ni!
Gawn ni ddŵr, ddŵr, ddŵr?

Doedd dim angen bod yn naturiaethwr o gwbl i sylweddoli nad oedd y Blodau

Bodiau mewn iechyd da iawn. Roedden nhw'n amlwg yn cael trafferth i aros yn fyw.

Plygodd Miss Prydderch i lawr yn ofalus a rhoi ei chlust mor agos â phosib at y clwstwr bach. Roedd hi fel pe bai am glywed eu cân yn iawn.

Tybed a oedd hi, fel Alfred, yn gallu deall y geiriau?

Ond wrth i Miss Prydderch blygu a rhoi ei chlust at y clwstwr, roedd y blodau fel petaen nhw'n distewi. Plygodd nes bod ei gwallt yn cyffwrdd â'r clwstwr a rhoddodd ei llaw o dan yr unig ddail bach a oedd yn dal yn olau. Ond wrth iddi droi at y plant i ddangos un malws melys perffaith ar flaen ei bys, daeth y sŵn byddarol eto!

RHHAAAAAAAA!

Ac eto:

RHHAAAAAAAA!

Ac eto:

RHHAAAAAAAA!

Gafaelodd y plant yn ei gilydd. Gafaelodd Miss Prydderch yn ei gwallt a rhoi'r malws melys yn ofalus ym mhoced ei chardigan. Gyda hynny, diffoddodd y Blodau Bodiau eu golau BRON yn llwyr a mynd BRON yn fud.

'Blant! Mae'n rhaid i ni fynd. Dydy CAWR MAWR Y SYCHDER MAITH ddim mewn hwyliau rhy dda heddiw!' meddai Miss Prydderch, gan droi ar ei sawdl a hollti'n ddwy.

'Dilynwch fi!' meddai Miss Prydderch

Smotiau Melyn tra bod Miss Prydderch Smotiau Pinc yn aros yn y cefn.

A heb siarad yr un gair, dechreuodd y plant gerdded mor gyflym â phosib yn ôl at y carped hud. Trodd Alfred i edrych. Ac yno, o gornel ei lygad, gwelodd ddau Flodyn Bodyn bach yn ceisio taflu eu golau gwan tuag ato, a chlywodd lais mor dawel â sibrydiad llygoden yn dweud, 'dŵŵŵŵŵŵŵŵŵŵr' cyn tawelu'n llwyr.

'Alfred!' galwai Elen. 'Dere! Ti ddim ishe cael dy adael ar ôl ar ben dy hun fan hyn!!!!'

Na! Yn bendant ddim, meddyliodd Alfred i'w hunan a rhedodd tuag at y rhes.

Ar ganol y carped hud roedd y stôl deircoes yn aros amdanyn nhw. Eisteddodd Miss Prydderch arni – wedi dod 'nôl o fod yn ddwy yn un – a chyrliodd y carped ei ochrau'n dynn am y plant. Yna, dechreuodd godi oddi ar lawr llwch y blaned drist. Cododd a chododd yn araf a gofalus nes mynd yn gyfochrog ag un o'r llwybrau llwch ac yna dechreuodd plant y Flwyddyn 6 newydd a'r hen Flwyddyn 6 chwyrlïo i lawr ac i lawr ac i lawr ac i lawr. Yn ôl drwy blygion amser, yn ôl ac yn ôl ac yn ôl ar Lwybrau Golau'r Blynyddoedd nes glanio **'BWMP'** ar lawr y dosbarth yn Ysgol y Garn lle roedd y paent wedi sychu'n braf a'r glaw wedi peidio a'r haul mawr melyn yn gwenu mewn awyr las, ddigwmwl.

15

'Nôl yn y dosbarth

◆◆◆◆◆◆◆◆◆◆◆◆◆◆◆◆◆◆◆◆◆◆◆◆◆◆◆◆◆◆◆◆◆◆◆

'A beth ddigwyddodd wedyn?' holodd Isobel wrth i Miss Prydderch gau'r Llyfr Llwyd a'i roi yn ôl yn y bag rhwyd llwyd.

'Dwi ddim yn gwbod,' oedd ateb Miss Prydderch.

'Ddim yn gwbod?' Tro Tesni oedd hi i holi nawr. Doedd Tesni erioed wedi clywed am athro neu athrawes oedd 'ddim yn gwybod'. Sut allai Miss Prydderch DDIM gwybod beth oedd yn dod nesaf?

'Fydd y Blodau Bodiau'n mmmmarw?' holodd Isobel eto â'i llais yn llawn tristwch.

'Wel, efallai'n wir,' atebodd Miss Prydderch. 'Wedi'r cyfan, mae'n rhaid i bopeth byw gael rhywfaint o ddŵr, ac os yw CAWR MAWR Y SYCHDER MAITH wedi chwythu popeth yn sych grimp a dwyn y dŵr i gyd, wel . . . does dim llawer o obaith . . .'

'Ond hoffen i wybod!' meddai Tesni. 'Dwi ddim yn hoffi meddwl am y Blodau Bodiau'n marw.'

'Na fi! Na fi! Na fi!' daeth sawl llais bach arall i ddweud yr un peth.

'Bydd rhaid i chi aros nes i'r tymor ddechrau. Dwi'n addo, pan ddaw mis Medi, cawn ni barhau gyda'r stori . . . a phwy a ŵyr? Efallai bydd rhywun neu rywbeth

yn gallu achub y blodau bach rhag rhuo
CAWR MAWR Y SYCHDER MAITH
a dod o hyd i ffynnon ddŵr yn rhywle ar y
blaned lychlyd.'

Doedd plant yr hen Flwyddyn 6 ddim
yn meddwl bod hynny'n deg o gwbl.
Bydden nhw wedi mynd i'r Ysgol Fawr
ym mis Medi a dim gobaith o glywed
diwedd y stori.

Ond dyna ni, dim ond stori oedd hi.

Dim ond stori.

Stori.

Stori?

Dim ond stori?

Roedd Alfred yn ceisio'i orau i gredu

Ystyr 'llychlyd' yw 'llawn llwch'.
Roedd sied Alfred yn 'llychlyd'
cyn i Alfred ei glanhau.

Mae'n amhosib dweud y gair hwn heb deimlo popeth yn troi'n gyflym, gyflym.

hyn. Chwyrlïodd y geiriau o gwmpas ei ben. Dim ond stori! Dim ond stori! Dim ond stori!

Ac roedd e ar fin credu'r geiriau 'dim ond', pan sylwodd e ar wallt Miss Prydderch. Roedd y gwallt, a arferai fod mor dwt a heb flewyn o'i le, yn edrych yn wahanol. Ac o graffu ar ei gwallt, sylwodd Alfred fod haenen ysgafn o lwch yn ei orchuddio. Llwch yr un lliw llwyd â gwallt arferol Miss Prydderch, digon gwir, ond roedd un gwahaniaeth. Pan safai Miss Prydderch yn y ffenest lle roedd pelydrau'r haul yn llifo i mewn i'r dosbarth, roedd y llwch yn disgleirio'n dawel. Dim ond jyst. Jyst digon i wneud i Alfred amau . . . amau efallai fod gwallt Miss Prydderch wedi syrthio o'i phen i ganol y llwch ar y blaned bell. A daeth darlun yn ôl i feddwl Alfred – y darlun o Miss Prydderch yn pwyso ei phen yn is ac yn is i glustfeinio ar gân y Blodau Bodiau, mor isel, nes ei gwneud hi'n gwbl bosib bod peth o olau'r blodau wedi dianc i'w gwallt hi. Cofiodd wedyn fod Miss Prydderch wedi estyn ei llaw o dan y dail a thynnu un malws melys ar ei bys a'i roi yn ddiogel ym mhoced ei chardigan . . .

Mmmm. Pe byddai Alfred yn gallu gweld beth oedd ym mhoced cardigan Miss Prydderch byddai'n gwybod i sicrwydd a oedd y stori'n *ddim ond* stori neu a oedd y Blodau Bodiau'n bod go iawn. Ac os oedden nhw'n bodoli go

H.y. y blodau nid y plant.

iawn, roedden nhw mewn trwbwl. Ac os oedden nhw mewn trwbwl yna byddai'n rhaid eu helpu.

Edrychodd Alfred o gwmpas y dosbarth. Roedd pawb arall wedi dechrau mynd yn ôl at y gwaith peintio. Pawb ond Elen ac Isobel. Roedd y ddwy'n edrych yn ofalus ar wallt Miss Prydderch.

Tybed?

Tybed a oedden nhw wedi sylwi ar y llwch yn disgleirio yn y gwallt llwyd?

Anodd dweud.

Na, byddai'n rhaid rywsut gael edrych y tu mewn i boced cardigan Miss Prydderch.

Dechreuodd Alfred ystyried sut, gan sylweddoli'n iawn y byddai'n amhosib iddo fynd i mewn i'r boced heb ganiatâd.

Byddai hynny gystal â dwyn. Doedd hi jyst ddim yn iawn i fynd i mewn i bocedi pobl eraill heb ganiatâd.

Ac wrth iddo sylweddoli mai tasg amhosib oedd hyn i bob pwrpas, digwyddodd rhywbeth rhyfeddol!

Gyda'r haul yn cynhesu'r prynhawn a'r iard i gyd yn sychu'n gyflym ar ôl yr holl law, roedd hi'n boeth yn y stafell ddosbarth. Oherwydd hyn, tynnodd Miss Prydderch ei chardigan ac wrth iddi ei thaflu ar gefn ei chadair, DIGWYDDODD HYN:

Syrthiodd rhywbeth o'r boced. Rhywbeth bychan, bychan, bach. Rhywbeth tua maint bawd babi. Rhywbeth gwyrdd a oedd yn goleuo'n wan ar lawr y stafell ddosbarth . . .

RHYWBETH A OEDD YN DEBYG IAWN I FALWS BLODYN BODYN!!!!

Wedi ei syfrdanu, doedd Alfred ddim yn gallu symud. A'r peth nesaf welodd e oedd traed mawr maint 5 Dewi Griffiths yn dod tuag ato . . . nage . . . heibio iddo . . . a thuag at gadair Miss Prydderch . . . a beth oedd ar ei lwybr ond y *peth bach dirgel* . . . Taflodd Alfred ei hun at goesau Dewi yn union fel petai mewn gêm rygbi.

'Hei! Be ti'n neud?!' gwaeddodd Dewi, a oedd erbyn hyn yn gorwedd yn swp ar lawr y dosbarth.

'Yyyyy, dim byd!' atebodd Alfred, ac er bod Miss Prydderch wedi troi i roi stŵr iddo, yn ei galon, roedd e'n wên o glust i glust . . . oherwydd wrth daclo Dewi gyda'r llaw chwith, roedd y llaw dde wedi estyn allan a dal beth bynnag oedd y peth oedd wedi syrthio o boced Miss Prydderch.

Fentrodd Alfred ddim edrych arno. Yn hytrach, rhoddodd y *peth* yn ofalus yn waled ei wregys.

Roedd e'n gwybod yn union beth oedd yn rhaid iddo ei wneud nesaf.

16

Craffu

◆◆◆◆◆◆◆◆◆◆◆◆◆◆◆◆◆◆◆◆◆◆◆◆◆◆◆◆◆◆◆◆◆

Roedd Alfred yn ysu am gael mynd adre. Erbyn tua 3 o'r gloch, gwnaeth esgus a dweud bod yn rhaid iddo fynd, ac er nad oedd e wedi gorffen y peintio i gyd, ac er ei bod hi'n hwyl yn yr ysgol ac yn dda cael gweld ei ffrindiau, roedd rhywbeth arall yn galw ar Alfred.

Ar ôl gadael iard yr ysgol, rhedodd nerth ei draed bob cam adre. Aeth heibio ochr

Myng-gu Lewis Vaughan oedd wedi gwneud hwn iddo sbel yn ôl i gadw'r chwistl-drwmp yn berffaith saff.

y tŷ ac i lawr i'r ardd ac i'r sied. Tynnodd y follt yn ôl ac aeth i mewn i'w BALAS: Sied Alfred. Aeth at y bwrdd. Tynnodd feicrosgop ei dad i'r canol. Â'i fysedd yn crynu agorodd waled ei wregys. Am y tro cyntaf, mentrodd edrych. Roedd y chwistl-drwmp yn ddiogel yn ei chasyn bach gwlanog. Ac yno, mor, mor, mor fach ond mor, mor, mor real . . . roedd un tamed bach o wyrddni. Tamed bach, ond tamed a oedd, yn meddwl Alfred, wedi dod o Blaned y Blodyn Bodyn.

Yn araf a gofalus, gosododd y *peth* ar blât y meicrosgop. Trodd y lens yn ofalus, ychydig i'r dde, ychydig i'r chwith . . .

A dyna siom! Doedd dim byd yn arbennig o gwbl i'w weld.

124

Roedd hi'n amhosib dweud ai rhywbeth o blaned arall oedd y *peth* neu falle dim byd mwy nag ychydig o fflyff gwyrdd o waelod poced cardigan Miss Prydderch.

Camodd Alfred yn ôl a meddwl.

Ond wrth iddo gamu yn ôl syrthiodd yn bendramwnwgwl i'r bwced oedd wedi dal y diferion glaw o'r twll yn y to, ac a oedd erbyn hyn yn llawn dop o ddŵr.

SBLASH!!!!! Tasgodd y dŵr i bobman. Roedd pen-ôl Alfred yn socian. Roedd dŵr ar y llawr a dŵr ar y silffoedd a dŵr ar y ddesg a dŵr dros y meicrosgop . . .

Roedd dŵr hefyd ar y *peth* o boced cardigan Miss Prydderch.

A gyda hynny, digwyddodd HYN:

DECHREUODD y *peth* oleuo. Yn araf,

Os yw'r 'ffocws' yn iawn mewn camera neu feigrosgop, mae popeth yn gwbl glir.

'Crisial' yw rhyw fath o garreg fach dryloyw – h.y. carreg y gallwch chi weld drwyddi.

araf, trodd y golau'n ddisglair i gyd ac roedd lliwiau o bob math yn wincio ar y plât gwydr. Cydiodd Alfred yn y meicrosgop a chraffu drwy'r gwydr. Trodd i'r chwith ac i'r dde a'i ddwylo'n crynu ac yna . . . FFOCWS! YN GLIR FEL CRISIAL gwelodd galeidosgop o liwiau yn dawnsio oddi fewn i'r *peth*.

HEB OS NAC ONI BAI . . . roedd hwn wedi dod o blaned bell.

HEB OS NAC ONI BAI, hedyn Blodyn Bodyn oedd y peth bychan, bach hwn.

Hedyn Blodyn Bodyn a oedd, ar ôl cael un sblash bach o ddŵr, yn teimlo'n llawer gwell.

ANHYGOEL!

'ALFRED!!!!!' Llais ei fam.

126

'ALFRED????!!!!'

'ALFRED??!!! Mae Ben Andrews wedi ffonio … o Sbaen!'

Doedd dim amdani. Byddai'n rhaid iddo fynd i'r tŷ.

Edrychodd o'i gwmpas. Roedd ychydig o dywod mewn sach yng nghornel y sied. Rhoddodd lond llaw mewn potyn bach. Yn ofalus, gosododd yr hedyn Blodyn Bodyn yn y potyn a rhoi diferyn bach lleiaf o'r dŵr a oedd yn dal yng ngwaelod y bwced. Cuddiodd y potyn ymhlith yr offer pysgota ar y silff.

Agorodd ddrws y sied a'i folltio'n ofalus, a gyda **Sgwelsh, sgwelsh, sgwelsh,** aeth yn ôl tua'r tŷ.

Roedd yn eitha balch o gael lliain sych,

ac roedd ei fam yn ei dyblau'n chwerthin pan glywodd hi ei fod wedi syrthio i fwced llawn dŵr!!!!

'Wel, mae un peth yn dda. Galli di ddiolch i Mr Griffiths na fydd angen mwy o fwcedi dŵr arnat ti. Mae'r to wedi ei drwsio. Bydd dy sied di'n berffaith sych o hyn allan!' meddai ei fam gan estyn dillad glân ato, cyn ychwanegu: 'A well i ti frysio, achos mae Ben yn mynd i geisio cysylltu eto dros y cyfrifiadur mewn pum munud.'

17

Syniad Ben

◆◆◆◆◆◆◆◆◆◆◆◆◆◆◆◆◆◆◆◆◆◆◆◆◆◆◆◆◆◆◆◆◆◆

Blwrp . . . Blwrp . . . Blwrp . . .

Sŵn y cyfrifiadur yn derbyn galwad llais a llun.

'Alfred! Al-fred! Mae Ben yn ceisio ffono 'nôl,' galwodd Mam Alfred arno wrth iddo drymbowndio dwmbwr dambar i lawr y grisiau at y cyfrifiadur.

> Sef dod i lawr y grisiau gan neidio a llamu a gwneud twrw mawr.

Os y'ch chi'n holi rhywun yn dwll, ry'ch chi'n gofyn LLWYTH o gwestiynau iddyn nhw.

Blwrp . . . Blwrp . . . Blwrp . . .

Pwysodd Alfred ar y botwm bach 'derbyn'. Ac wele – Dy nyyyyyy! Dyma Ben Andrews yn ymddangos yng nghegin Alfred yr holl ffordd o Sbaen.

Roedd y signal yn gryf ac roedd llais a wyneb Ben yn gwbl glir. Holodd Alfred Ben yn dwll am ei wyliau a'r gwesty a'r pwll nofio a'r awyren. Doedd Alfred ddim erioed wedi bod mewn awyren (ond roedd e wedi hedfan digon, wrth reswm . . . OS yw anturiaethau'r carped hud yn rhai go iawn). Y peth mwyaf rhyfeddol am hanes gwyliau Ben oedd hanes y brecwast. Roedd brecwast yn y gwesty DRWY'R DYDD a hawl gyda chi fwyta FAINT FYNNOCH chi. Bara brown, bara gwyn, *croissants*, wyau wedi'u berwi, wedi'u ffrio, wedi'u potsho, wedi'u piclo, bacwn, selsig, ham, *chorizo*, tomatos, madarch, afalau, orenau, mango, caws meddal, caws caled, caws drewllyd, caws oren, caws gwyrdd a chacennau … a hyd yn oed MALWS MELYS!?! I frecwast! Anhygoel.

Holodd Ben Alfred yn dwll hefyd – am y SIED (sef y PALAS) ac am hanes y peintio planedau ac am griw y Flwyddyn 6 newydd.

Roedd Alfred bron â marw eisiau dweud wrth Ben am y stori a'r antur i Blaned y Blodyn Bodyn ac am y PETH a ddisgynnodd o boced Miss Prydderch ac a oedd nawr yn sied Alfred. Ar ôl

Mae'r stori hon yn Llyfr 4 a 5.

Tridiau = tri diwrnod.

anturiaethau'r ddraig yng Nghaerdydd

ac achub Moli, roedd Alfred yn gwybod ei fod yn gallu dibynnu ar Ben. Ond doedd hi ddim yn teimlo'n iawn i ddechrau dweud yr hanes dros y cyfrifiadur rywsut, a beth bynnag, byddai Ben adre ymhen tridiau.

Yna, dysgodd Ben y gair Sbaeneg am 'Hwyl Fawr' i Alfred sef 'Adiós', a dwedodd y ddau 'Adiós' wrth ei gilydd.

* * *

Roedd y sôn am yr holl fwyd wedi gwneud i Alfred sylweddoli ei bod hi'n amser swper ac roedd ar fin troi am y gegin pan glywodd 'Blwrp . . . Blwrp . . . Blwrp . . .' eto.

132

Roedd Ben Andrews yn ceisio galw 'nôl. Gwasgodd Alfred y botwm 'derbyn'.

'Alfred!' meddai Ben yn llawn cynnwrf. 'Anghofies i ddweud wrthot ti. O'n i'n gwbod bod rhywbeth arall gen i i'w ddweud. Rhywbeth **rili rili** pwysig. Rhywbeth pwysig iawn, iawn. DWI WEDI CAEL SYNIAD.'

Roedd Alfred yn adnabod Ben yn ddigon da i wybod bod syniadau Ben yn tueddu i fod yn rhai cymhleth iawn, felly eisteddodd wrth y ddesg a cheisio peidio â meddwl am ei stumog wag na swper.

Dyma sut aeth y sgwrs:

Alfred: 'Syniad? Do fe? Beth yw e?'

Ben: 'Wel . . . mae'r syniad yn mynd i achub Gwaelod y Garn.'

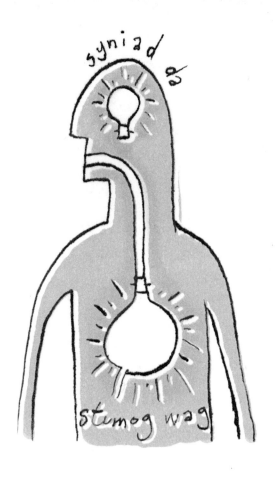

Alfred: 'O'n i ddim yn gwbod bod eisiau achub Gwaelod y Garn! Beth ti'n feddwl "achub Gwaelod y Garn"?'

Ben: 'Wel, ti'n cofio fel o'dd pethau cyn i ni sylweddoli mor bwysig yw gwlân y defaid – pan o'dd dim digon o blant yn yr ysgol achos bod dim digon o waith yn y pentre . . .'

Alfred: 'Ydw, ond mae digon o waith 'ma nawr. Felly 'sdim eisiau achub Gwaelod y Garn eto. Mae pawb yn gwneud yn iawn . . . Myng Lewis Vaughan yn gwerthu siwmperi, tad Dewi Griffiths yn gwerthu gwelyau, mam Elen a mam Sara yn gwerthu clustogau . . .'

Ben: 'A! Ti'n iawn. Ond mae hynna i gyd yn dibynnu ar un peth.'

Alfred: 'Ti'n iawn. Defaid. Ac mae DIGONEDD o ddefaid gyda ni. Felly sai'n gweld problem . . .'

Ben: 'Ti'n iawn. Defaid. Ond Alfred. Beth sy'n rhaid i'r defaid gael i gadw'n fyw?'

Alfred: . . .

(Erbyn hyn roedd bola Alfred yn dechrau gwneud sŵn od ac roedd hi'n anodd canolbwyntio ar Ben a'i syniadau gwallgo pan oedd eisiau bwyd mor ofnadwy arno, felly ddwedodd e ddim byd.)

Ben: 'Cym on, Alfred! Be sy'n rhaid i'r defaid gael i gadw'n fyw?'

Alfred: 'Bwyd?'

(**O na!** Roedd dweud y gair yn gwneud pethau hyd yn oed yn waeth a dechreuodd bola Alfred wneud sŵn hyd yn oed yn uwch.)

Ben: 'Ti'n iawn! A beth yw bwyd defaid?'

Alfred: 'Gwair? Porfa? Glaswellt?'

Ben: 'Ti'n iawn eto! A be sy'n rhaid i'r gwair ei gael?'

Mae bob amser yn od rhoi enw Ben a'r peth sy'n sownd ar eich ysgwyddau yn yr un frawddeg – Ben a ben

Alfred: 'O Cym on, Ben. Sai'n gwbod . . . yyy . . . tir?'

Ben: 'Alfred! Alfred! Alfred!' (Roedd Ben yn ysgwyd ei ben ac yn amlwg yn methu credu pa mor araf roedd Alfred yn dod at yr ateb.) 'Mae'n rhaid i'r gwair gael DŴR!!!'

Tawelwch.

Roedd Ben yn amlwg yn meddwl ei fod wedi dweud rhywbeth pwysig iawn. Edrychodd Alfred drwy'r cyfrifiadur yr holl ffordd i Sbaen ar ei ffrind yn ei gadair olwyn yn wên o glust i glust.

Alfred: 'Dŵr?!'

Ben: 'Iep! Dŵr!'

Alfred: 'A beth yw dy syniad di 'te?'

Ben: 'Mae'n rhaid i ni ddod o hyd i ffynnon ddŵr!'

Alfred: 'Pam?'

Ben: 'Achos bydde bod heb ddŵr yn ofnadwy!'

Alfred: 'Ben! Ti'n dechre colli'r plot. Ti 'di anghofio. Jyst achos dy fod ti'n Sbaen lle mae'n boeth ac yn sych. Ben, cred ti fi – mae DIGONEDD o ddŵr fan hyn. Mae Gwaelod y Garn mor wlyb â'r môr. Mae wedi bwrw ers dyddiau. Mae glaw yn dod drwy'r toi . . .'

A rhewodd Ben ar sgrin cyfrifiadur mam Alfred. Roedd y cyswllt yn wan. A beth bynnag, roedd bola Alfred erbyn hyn yn begian am fwyd.

'Ben!' Tro Alfred oedd hi nawr i ysgwyd ei ben.

'Ben! Ben! Ben!' dwedodd wrtho'i hunan.

'Mae Ben wedi drysu. Dŵr, wir!'

18

O un i dri

◆◆◆◆◆◆◆◆◆◆◆◆◆◆◆◆◆◆◆◆◆◆◆◆◆◆◆◆◆◆◆◆

Yn syth ar ôl gorffen swper, aeth Alfred yn ôl i'r sied i sbecian. Oedd y Blodyn Bodyn wedi tyfu, tybed? Oedd e dal yn fyw?

Yn betrus braidd, aeth at y potyn ar y silff a'i estyn yn ofalus.

'Oooo!' Tynnodd ei anadl yn gyflym. Prin roedd e'n gallu credu ei lygaid!

H.y. ychydig bach yn nerfus.

Roedd y peth bach gwyrdd o boced Miss Prydderch erbyn hyn wedi tyfu i faint bawd llawn, ac wrth i Alfred edrych arno, plygodd y bawd bach rhyfedd ei ben yn ôl ac ymlaen yn union fel petai'n ceisio siarad gydag Alfred.

'Helô!' meddai Alfred. 'Croeso i Gymru!'

Wrth i Alfred syllu arno, plygodd y blodyn bach ei ben i lawr nes cyrraedd y tywod. Yna, claddodd ei ben o'r golwg.

'**O na!** Hei! Dere 'nôl. Paid ag ofni. Dwi ddim yn mynd i wneud dim byd i ti,' meddai Alfred wrth y blodyn bach, yn siŵr ei fod yn mynd i $\boxed{\text{fogi}}$ os oedd e'n mynd i ddal ei ben o dan y tywod.

'Mogi' yw beth sy'n digwydd os y'ch chi'n methu cael digon o ocsigen i anadlu'n iawn.

140

Yna, teimlodd y potyn bach yn ysgwyd ychydig yng nghledr ei law. Ac yna, digwyddodd HYN:

Cododd y Blodyn Bodyn ei ben bach yn ôl . . . ond y tro yma, nid un pen oedd ganddo ond dau! Roedd DAU FLODYN BODYN yn y pot yn llaw Alfred. Un maint bawd Alfred ac un maint bawd babi.

Gosododd Alfred y potyn ar ganol y bwrdd, symud y bwced a oedd wedi achosi'r fath annibendod ac estyn y gadair. Syllodd ar y potyn. Doedd e ddim yn gwybod beth i'w wneud nesaf.

Dŵr?! A chofiodd am Ben Andrews! Ie, dŵr. Mae'n rhaid i bopeth gael dŵr i dyfu. Falle fod angen diferyn bach o ddŵr ar y Blodau Bodiau.

Oedd. Roedd ychydig bach, bach o ddŵr ar ôl ar waelod y bwced. Gan ddefnyddio potyn gwag (un heb dyllau yn ei waelod, wrth gwrs) casglodd Alfred y diferion olaf o ddŵr o'r bwced ac yn ofalus, ofalus, arllwysodd nhw ar y ddau flodyn yn y tywod.

O FLAEN EI LYGAID tyfodd yr ail flodyn i'r un maint â'r cyntaf, ac yna plygodd ei ben yn isel, isel a'i gladdu yn y tywod.

Daliodd o'r golwg am sbel. Wel, gallai Alfred daeru ei fod wedi cadw ei ben o dan y tywod am AWR, ond doedd hynny ddim yn wir . . . 10 eiliad ar y mwyaf bu pen yr ail flodyn o'r golwg cyn i'r potyn bach ddechrau crynu ychydig.

Ac ie. Do. Wir i chi. Pan gododd ei

ben yn ôl ymddangosodd TRYDYDD Blodyn Bodyn o'r tywod llychlyd.

Waw! Os byddai hyn yn digwydd eto, byddai'n rhaid i Alfred ddod o hyd i botyn mwy.

Trodd i chwilio ar y silffoedd. Mae'n siŵr bod jyst y peth yn cuddio yno'n rhywle. A! Dyna un! Ar y silff uwch ben yr offer pysgota. Ond o diar mi! Wrth i Alfred ymestyn ei freichiau i gael gafael ar y potyn mawr, cydiodd ei lawes ym mlaen gwialen bysgota a daeth y cwbl **dwmbar-dambar** lawr i'r llawr.

Edrychodd draw yn syth ar y triawd o flodau. Gallai'r sŵn fod wedi codi ofn arnyn nhw. Ac yn wir. Roedd y tri ohonyn nhw'n edrych at Alfred, gystal â dweud 'Beth yn y byd mawr sy'n digwydd?'

Yn edrych ar Alfred?! Sut all blodyn 'edrych'?! A'r eiliad honno, sylwodd Alfred ar smotyn bach ar ben pob un o'r tri Blodyn Bodyn. Smotyn bach a oedd yn debyg iawn i lygad. Smotyn bach a oedd, roedd Alfred bron yn siŵr, yn gallu gweld!!!!!

'Peidiwch â phoeni. Mae popeth yn iawn,' dwedodd Alfred wrthyn nhw.

Ac yna, pinsiodd Alfred ei hunan. 'Paid â bod yn dwp!' meddai o dan ei anadl. 'Does neb call yn siarad gyda blodau!'

Ond wedyn, does gan flodau call ddim llygaid chwaith, meddyliodd.

Ac aeth ati i godi'r annibendod a'i roi 'nôl yn daclus. Os oedd y sied i fod yn balas, roedd rhaid iddi fod yn daclus.

Dwy wialen bysgota, basged bysgota,

144

bocs plu pysgota . . . cododd Alfred
bopeth fesul un a'i roi yn ôl ar y silff.

A beth yw hwn? Mae hwn yn edrych yn
od. Hen ddarn o bren siâp Y.

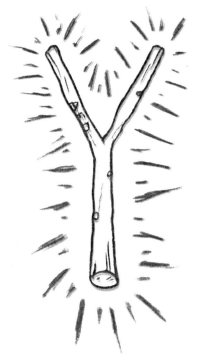

Wel, all neb ddal pysgodyn gyda hwn!
meddyliodd Alfred, ac roedd ar fin ei dorri

'Naddu' yw'r gair iawn am grafu rhywbeth ar bren neu garreg.

er mwyn ei daflu ar y domen yn yr ardd pan welodd fod rhywun wedi cerfio tair llythyren arni.

AED. AED? . . . AED! Arthur Eurig Davies! Enw Dad! Dad oedd pia hwn!

Roedd Alfred wrth ei fodd. Gafaelodd yn y darn pren rhyfedd yn ofalus a rhoi ei law dros y tair llythyren, a chan gau ei lygaid, daliodd yn dynn yn y pren a meddwl am ei dad yn naddu'r llythrennau'n ofalus. Diolch byth ei fod wedi gweld y llythrennau mewn pryd.

Ond beth yn y byd mawr oedd pwrpas yr Y?

Byddai'n rhaid gofyn i Mam.

A chan anghofio am y potyn blodau am y tro, rhedodd Alfred yn ôl i'r tŷ gyda'r trysor pren rhyfedd yn ei law.

19

Dewin y dŵr

◆◆◆◆◆◆◆◆◆◆◆◆◆◆◆◆◆◆◆◆◆◆◆◆◆◆◆◆◆◆◆◆◆

'A!' meddai mam Alfred. 'Roedd dy dad yn falch iawn o hwn. Pren Dewinio Dŵr yw e.'

'Pren Dewinio? Beth yw un o'r rheiny?' holodd Alfred.

'Wel, dewin yw rhywun sy'n gallu gwneud hud a lledrith . . .'

'Oedd Dad yn fajishan?!' torrodd Alfred ar draws mewn syndod. 'Fel Harry Potter neu Myrddin?'

Roedd Alfred yn meddwl mai gair Saesneg yw 'sofft' ond gydag un 'f' — soft.

'Na!' Paid â bod yn sofft. Ond un haf, flynyddoedd maith yn ôl, ar ôl wythnosau ac wythnosau o haul twym a thywydd sych, penderfynodd dy dad y bydde fe'n ceisio dod o hyd i ffynnon ddŵr. Ti'n gweld, roedd yr afon wedi sychu, a'r nant a'r gronfa hefyd. Doedd dim hawl rhoi dŵr i'r blodau na'r llysiau. Ac roedd popeth yn dechrau marw yn yr ardd. A ti'n cofio fi'n dweud faint o feddwl oedd gan dy dad o'r ardd?'

Oedd. Roedd Alfred yn cofio. Roedd pawb yn dweud o hyd ac o hyd un mor dda oedd ei dad am arddio. A meddyliodd Alfred am y llun bach roedd e wedi ei

'Cronfa' yw pwll mawr sy'n dal llawer o ddŵr. Mae pibau'n dod o'r gronfa i gario dŵr i'r tap yn y tŷ.

ddarganfod yn y PALAS. Y llun o'i dad yn llewys ei grys yn rhoi dŵr i'r blodau. Yr un gyda'r babi yn y pram. Y babi = Alfred.

'Wel,' aeth mam Alfred ymlaen â'i stori, 'roedd e wedi clywed bod rhai pobl arbennig yn gallu dod o hyd i ffynhonnell ddŵr o dan y ddaear gan ddefnyddio darn o bren. Ond roedd rhaid i'r pren fod ar siâp Y ac roedd rhaid iddo ddod o'r coed helyg.'

'A sut yn y byd mawr y mae darn o bren siâp Y yn gallu darganfod dŵr o dan y ddaear?' Dim ond hanner credu ei fam yr oedd Alfred. Roedd yr holl stori'n swnio bron mor anhygoel â rhai o anturiaethau'r carped hud.

'Wel, fel hyn.' A gafaelodd mam Alfred yn yr Y gyda'r ddau ddarn byr yn ei dwylo

Alfred! 'O ddifri!'

a'r darn hir yn syth o'i blaen, a dechrau cerdded o gwmpas y gegin. 'Ti'n gweld, os wyt ti'n ddewin dŵr, mae'r pren yn dechrau crynu pan wyt ti'n sefyll ar ddarn o dir lle mae tarddiad dŵr yn cuddio.'

'Siriysli?!' dwedodd Alfred mewn anghrediniaeth.

'O ddifri. Wir i ti,' atebodd ei fam. 'A'r bore hwnnw pan aeth dy dad allan i grwydro o gwmpas Gwaelod y Garn gyda'r Pren Dewinio Dŵr, daeth o hyd i DDWY FFYNNON. Anghofia i fyth mor gyffrous oedd e pan ddaeth e 'nôl i'r tŷ i ddweud yr hanes!'

'Anghrediniaeth' yw pan y'ch chi'n methu credu rhywbeth.

'A ble maen nhw nawr?' Roedd cwestiwn Alfred yn ddigon teg.

'Mae hwnna'n gwestiwn da,' atebodd ei fam. 'Ti'n gweld, ychydig ddiwrnodau wedyn, dechreuodd hi fwrw glaw mawr a llenwodd yr afon a'r nant a'r gronfa a daeth digon o ddŵr yn ôl i'r tap, a doedd dim wir angen y ffynhonnau . . . maen nhw'n siŵr o fod yno'n rhywle o hyd, ond mae'n ddigon posib eu bod yn ôl o'r golwg o dan gerrig a phridd . . .'

Roedd Alfred wrth ei fodd yn clywed storïau am ei dad, ac roedd e'n aros i'w fam ddweud mwy pan sylwodd arni'n syllu drwy ffenest y gegin. Roedd hi wedi stopio siarad ac yn dal ei bys allan ac yn pwyntio tua gwaelod yr ardd.

Roedd Alfred yn dweud 'enfysys' ond all hynny ddim bod yn gywir.

'Beth yn y byd sy'n digwydd yn y sied? Alfred! Wyt ti wedi gadael rhyw dortsh neu rywbeth lawr 'na? . . . O fan hyn, allen i daeru bod enfysiau'n dod mas drwy'r ffenest!!'

Dilynodd Alfred lygaid ei fam a'i bys hir. Roedd golygfa ryfeddol yn dod o'r Palas yng ngwaelod yr ardd . . . ac roedd gan Alfred syniad go lew beth oedd yr achos.

Cyn i'w fam allu dweud un gair pellach, rhuthrodd allan drwy ddrws y cefn ac i lawr y grisiau yn yr ardd at y sied **(wps)** PALAS. Pan agorodd ddrws y Palas, gwelodd saith Blodyn Bodyn yn gwenu yn y pot, a phob un yn taflu golau gwahanol a chreu patrymau ANHYGOEL ar y wal. SAITH!!! Roedden nhw wedi eu gwasgu'n agos, agos at ei gilydd, ond yn amlwg wrth eu bodd yn eu cartre newydd.

Wel . . . hynny yw, nes i Alfred gyrraedd! Yn union wedi iddo gau drws y Palas y tu ôl iddo, distewodd y saith a diffoddodd y golau rhyfeddol. Plygodd pob un Blodyn Bodyn ei ben yn dawel.

A BU DISTAWRWYDD.

20

Y Blodyn Bodyn a'r malws melys

◆◆◆◆◆◆◆◆◆◆◆◆◆◆◆◆◆◆◆◆◆◆◆◆◆◆◆◆◆◆◆◆

'Dewch 'mlaen, flodau bach!' dwedodd Alfred wrth y saith Blodyn Bodyn yn garedig. 'Does dim angen bod yn swil nac yn ofnus. Dwi ddim yn mynd i wneud niwed i chi. Dwi am eich helpu chi.'

Ond na. Er gwaethaf y siarad tawel a'r geiriau caredig, doedd dim sôn am unrhyw un ohonyn nhw'n codi ei ben.

Mae 'penbleth' gyda chi os y'ch chi ddim yn gallu dewis beth beth i'w feddwl na'i wneud.

Estynnodd Alfred – yn fwy gofalus y tro hwn – y potyn mawr o un o'r silffoedd a'i lenwi â'r tywod. Ond roedd tipyn o benbleth ganddo nawr. Beth pe byddai'n niweidio'r blodau wrth eu tynnu allan o'r potyn bach? Ond wedyn, pe byddai'n eu gadael yn y potyn bach, beth pe bydden nhw'n mogi? Roedd e'n cofio eu bod nhw'n sgwishd pan welodd e'r clwstwr bach yng nghanol y llwch ar Blaned y Blodyn Bodyn . . . ond roedden nhw'n llawer rhy sgwishd nawr. Doedd dim angen bod yn arddwr da fel ei dad i wybod hynny.

Penderfynodd Alfred y byddai'n ceisio

Dyw hwn ddim yn air iawn. Sori. Wps. Ymddiheuriadau.

155

symud chwech i'r potyn mawr a gadael
y Blodyn Bodyn gwreiddiol yn y potyn
bach; hynny yw, gadael yr un cyntaf, yr
un dyfodd o'r fflwff gwyrdd o boced Miss
Prydderch, ar ei ben ei hun.

Ac felly bu. Yn araf a gofalus rhoddodd
ei fysedd o dan chwech Blodyn Bodyn
bach a'u trosglwyddo i mewn i'r potyn
mawr. Chododd ddim un ohonyn nhw
ei ben nac agor ei lygad, a doedd dim
posib gwybod a oedden nhw'n hapus
ai peidio.

Roedd digon o le yn y potyn mawr, ac
ar ôl gorffen y dasg, camodd Alfred yn ôl
ac edrych ar y chwech gyda'i gilydd a'r un
bach ar ei ben ei hun.

Annwyl Dduw,

Plis, plis gadewch i'r Blodau Bodiau fod yn ocê.

Diolch,

Alfred.

Eisteddodd wrth y ddesg a syllu. Syllu a syllu a syllu. Ac yna'n sydyn cofiodd.

Dŵr!!!

Roedd rhaid i bopeth byw gael dŵr!

Doedd dim dŵr ar ôl yn y bwced nawr, felly cydiodd ynddo a rhedeg i'r tŷ ac i'r gegin a'i lenwi â dŵr o'r tap.

'Nôl yn y Palas, estynnodd y potyn bach heb dyllau yn ei waelod, a'i ddefnyddio i estyn dŵr o'r bwced i'w roi'n ofalus ar y tywod yn y potyn mawr.

Wrth iddo wneud hyn, siaradai gyda'r blodau.

'Dyma chi!' meddai'n garedig. 'Byddwch chi'n mwynhau yfed hwn. Bydd hwn yn eich helpu chi i dyfu.'

O gornel ei lygad gwelodd y Blodyn Bodyn gwreiddiol yn rhyw hanner symud, a meddyliodd mai gwell fyddai rhoi'r diferyn lleiaf o ddŵr yn y potyn bach hefyd.

Gyda hynny, cododd y Blodyn Bodyn gwreiddiol ei ben yn araf a hoelio ei lygad ar Alfred.

Roedd y blodyn yn ceisio dweud rhywbeth wrtho – roedd Alfred bron yn siŵr o hynny.

'Beth sy'n bod?' gofynnodd Alfred.

Yna, plygodd y Blodyn Bodyn ei ben cyn ei godi eto a'i blygu eto.

Roedd e fel pe bai eisiau dweud wrth Alfred i edrych yn y tywod.

Tynnodd Alfred ei gadair yn nes at y bwrdd, ac edrych dros ymyl y potyn bach i lawr at y tywod.

OOOOO! Yno, yng nghanol y tywod, reit wrth droed y Blodyn Bodyn unig roedd un **MALWS MELYS** anhygoel yr olwg. Un malws melys yn holl liwiau'r enfys. Un malws melys oedd yn dweud 'Alfred Eurig: Bwyta fi!'

Edrychodd Alfred i fyw llygad y Blodyn Bodyn. Roedd y llygad yn gwenu. Roedd y llygad yn dweud: 'Cymer y malws melys. Ti sy pia fe!' Ac yn ofalus, estynnodd Alfred at y malws a'i roi ar ei dafod.

Iymmmmmmmmmmmmmmm mmmmmmmmmmmmmmmmmm!

Heb os nac oni bai, dyna'r malws melys mwyaf **IYMMMMM** yn y byd i gyd.

'Diolch, Blodyn Bodyn,' dwedodd Alfred. 'Diolch o galon.'

Eisteddodd yn ôl. Roedd mor hapus. Roedd wedi darganfod blodyn hudolus oedd yn gallu tyfu malws melys gorau'r byd. Na. Gorau'r bydysawd.

Rhoddodd ei law ar ei wregys a thynnodd ei chwistl-drwmp o'r boced gudd.

Allwch chi ddyfalu beth ddigwyddodd nesaf? Siŵr o fod!

Pan ddechreuodd Alfred ganu'r chwistl-drwmp . . . dechreuodd y Blodau Bodiau ganu hefyd. Canu a goleuo. Roedd hi fel disgo hud a lledrith yn y Palas – holl liwiau'r enfys yn dawnsio o'r saith Blodyn Bodyn a'u lleisiau lledrithiol nhw'n creu miwsig . . . miwsig mor flasus â . . . **MMMM**, mor flasus â . . . malws melys.

Pud Pickles oedd yn gwerthu offerynnau cerdd yn y pentre. Cofio?

21

Pwyllgor brys

◆◆◆◆◆◆◆◆◆◆◆◆◆◆◆◆◆◆◆◆◆◆◆◆◆◆◆◆◆◆◆

Pwy sy'n creu'r tywydd, tybed? Roedd y glaw i gyd wedi cilio a Gwaelod y Garn wedi cael tridiau cwbl sych. Dim byd ond heulwen mawr melyn braf yn llosgi twll yn yr awyr las. Ac roedd hi'n boeth. Yn boeth, boeth, boeth. Llosgodd Alfred ei freichiau a'i drwyn ar y prynhawn cyntaf yn chwarae pêl-droed yn y parc. Llosgodd Pud Pickles y darn moel ar

162

Corun = top eich pen.
Corryn = math o drychfil.

dop ei ben yn gwneud dim ond cario gitârs o'i gar i mewn i'r Hen Siop Fara. Doedd neb wedi disgwyl y fath wres mawr.

Erbyn yr ail ddiwrnod, roedd pawb yn gwisgo eli haul o'u corun i'w traed. Doedd Alfred DDIM yn hoffi teimlad yr eli ar ei groen ond mi roedd e'n hoffi'r arogl. Mae arogl eli haul yn dweud: GWYLIAU HAF. Ac er bod y gwyliau bron iawn ar ben, roedd yr arogl yn gwneud i bawb anghofio hynny.

Pan gyrhaeddodd Ben Andrews 'nôl o Sbaen a'r criw bach yn cyfarfod yn Y PALAS, doedd Ben ddim wir yn credu ei bod hi wedi bod mor wlyb a diflas â hynny yng Ngwaelod y Garn.

163

'Ble mae'r holl law 'te?' gofynnodd e.

'Wir i ti, Ben, mae'n rhaid i ti'n credu ni – roedd dŵr ym mhobman,' pwysleisiodd Elen.

'Daeth gwerth llond bwced mawr o ddŵr i mewn fan hyn – drwy dwll bach yn y to! Wir i ti!' meddai Alfred, gan bwyntio at y man lle roedd y twll cyn i Mr Griffiths ei drwsio.

Roedd Alfred wedi edrych ymlaen yn fawr at gael dangos y Palas i Ben, ac roedd tad Dewi Griffiths wedi rhoi darn o bren hir, llydan dros y grisiau yn yr ardd fel bod cadair olwyn Ben yn gallu cyrraedd y Palas heb unrhyw broblem.

Roedd Molly a Max, Elen Benfelen, Lewis Vaughan a Dewi Griffiths o'r hen Flwyddyn 6 ac Isobel a Ffion o'r

Mae 'a.y.b.' yn sefyll am 'ac yn y blaen'; ffordd iawn o ddweud 'bla-di-bla-di-bla'.

Flwyddyn 6 newydd wedi cyrraedd y Palas a phawb yn falch o weld Ben adre'n saff.

Ar ôl rhannu hanesion – Ben yn sôn am ei wyliau a'r lleill yn dweud am y gwaith peintio yn yr ysgol a.y.b., a.y.b., a.y.b. – roedd Alfred rhwng dau feddwl a oedd e'n mynd i sôn am y Blodau Bodiau. Roedd e ychydig bach yn bryderus y bydden nhw'n dechrau canu neu goleuo ar ganol y cyfarfod, ac yn rhyw feddwl y dylai rannu'r gyfrinach fawr gyda'r criw. (Am y tro, roedd e wedi eu cuddio nhw yng nghefn y Palas tu ôl i ddau neu dri focs o hen hoelion a phethau felly . . .

O ie, ac roedd e hefyd wedi pigo un malws melys i'w roi i Elen a byddai'n rhaid iddo aros am gyfle i'w roi fe iddi . . .)

165

Ond wrth fod y meddyliau hyn yn mynd drwy ben pawb, pwy gyrhaeddodd y cyfarfod ond Sara-Gwen.

'Sori 'mod i'n hwyr!' dwedodd Sara-Gwen, 'ond roedd rhaid i fi aros i Dad ddod adre o'r gwaith, ac roedd e'n hwyr achos . . . wel, chi ddim yn mynd i gredu hyn . . .'

Trodd pawb i edrych ar Sara-Gwen.

'Beth sy'n bod?' gofynnodd Elen yn llawn pryder. 'Ydy dy dad yn iawn?'

'Mae Dad yn iawn – ond fydd Gwaelod y Garn ddim yn iawn cyn bo hir.'

'Gwaelod y Garn? Beth ti'n feddwl?' gofynnodd Ben. 'Beth sy'n bod ar Waelod y Garn?'

A dyna oedd y cwestiwn ym meddwl pawb.

Roedd tad Sara-Gwen yn wyddonydd ac yn gweithio yn y Brifysgol ac yn deall popeth am ddaearyddiaeth – afonydd a mynyddoedd a daeargrynfeydd a phethau felly.

'Odyn ni'n mynd i gael DAEARGRYN?' holodd Isobel. Roedden nhw wedi dysgu am ddaeargrynfeydd yn yr ysgol ac roedd Isobel yn gwybod nad oedd daeargryn yn lot o sbort.

'**Na!** Dim daeargryn,' atebodd Sara-Gwen. 'Ond . . . wel . . . maen nhw'n addo tywydd poeth iawn drwy fis Medi, ac er gwaetha glaw mawr wythnos dwethaf, mae pobl y tywydd wedi rhybuddio'n barod y byddwn ni falle'n brin o ddŵr.'

Yn bendant gair Saesneg yw hwn: ridiculous. Lewis Vaughan!

'Ridiciwlys! Amhosib!' meddai Lewis Vaughan. 'Mae'r afon yn orlawn, ac mae wastad digon o ddŵr yng Ngwaelod y Garn.'

'**Cryms!** Gobeithio bod bobl y tywydd wedi gwneud camgymeriad,' meddai Max. 'Achos dŵr sy'n troi'r olwyn yn ein ffatri wlân ni, ac os nad yw'r olwyn yn troi mae popeth ar stop.'

'Maen nhw'n hollol o ddifri,' dwedodd Sara-Gwen. 'Maen nhw hyd yn oed yn meddwl dechrau stopio pobl rhag defnyddio dŵr yn yr ardd, a FALLE cyn diwedd y mis, fyddwn ni ddim hyd yn oed yn gallu cael dŵr o'r tap . . . ddim trwy'r dydd o leiaf. Falle dim ond am awr yn y bore ac awr yn y nos.'

168

Y gair Cymraeg iawn yw 'ymffrostio', ond doedd Ben ddim yn cofio'r gair hwnnw.

'Fel 'na'n union mae hi'n Sbaen!' meddai Ben. 'Sdim syniad gyda chi pa mor ofalus y'n nhw o'u dŵr yn Sbaen. 'Sneb fod i wastraffu yr un dropyn bach . . . Mae dŵr yn fwy gwerthfawr nag aur. Dyna pam oedd y brenhinoedd yn yr Alhambra yn showan off bod dŵr gyda nhw, ac yn rhoi'r holl byllau a'r dŵr yn neidio yn y gerddi. Chi'n cofio? Weloch chi hwnna pan ffones i Elen. A dyna beth oedd fy syniad i . . . mae'n rhaid i ni ddysgu pobl Cymru i beidio gwastraffu dŵr! Mae wir, wir, wir yn werthfawr!'

Yng nghanol y newyddion hyn, penderfynodd Alfred y byddai'n cadw'n dawel am y Blodau Bodiau am y tro . . . ond roedd hi'n gwbl amlwg iddo ei bod hi'n bryd dangos y Pren Dewinio Dŵr i'w ffrindiau.

Estynnodd yr Y yn ofalus o'i silff.

'Allwch chi ddyfalu beth yw hwn?' holodd. 'Cewch chi ugain tro i ddyfalu.'

Roedd Elen wrth ei bodd gyda phos a dechreuodd restru pob math o bethau.

Ond hyd yn oed ar ôl cynnig ugain syniad, doedd neb ddim callach.

'Wel,' meddai Alfred o'r diwedd, 'diolch i hwn, fydd ddim eisiau i ni boeni am fod yn brin o ddŵr!'

'**Yyyyyy?**' gofynnodd Lewis Vaughan.

'**Y!!!!** Ti'n iawn. **Y!!!** Mae'r Y hwn yn gallu DARGANFOD dŵr!' Edrychodd Alfred ar wynebau ei ffrinidau. Roedden nhw'n edrych yn gwbl syn.

A dechreuodd Alfred ddweud stori'r Y a sut roedd ei dad yn Ddewin Dŵr ac yn gallu dod o hyd i ffynhonnau cudd.

A'r noson honno, ar ôl i'w ffrindiau i gyd fynd adref ac ar ôl iddo roi diferyn mwy o ddŵr i'r blodau hudolus, breuddwydiodd Alfred am fynd am dro gyda'i dad i'r Garn tu ôl i'r pentref gyda'r Y hudolus i chwilio am ffynnon. Roedd honno'n freuddwyd braf.

22

Dim ysgol

◆◆◆◆◆◆◆◆◆◆◆◆◆◆◆◆◆◆◆◆◆◆◆◆◆◆◆◆◆◆◆

Roedd pobl y tywydd yn llygad eu lle.
Roedd y tymheredd yng Ngwaelod y
Garn wedi codi'n gyflym. Doedd neb
yn gallu cofio iddi fod mor boeth yn y
pentref erioed. Doedd dim un diferyn
o law wedi disgyn ers pythefnos. Roedd
Alfred ac Elen a'r criw wedi dechrau yn
yr Ysgol Fawr ac roedd y wisg ysgol yn
gwneud pawb yn boeth – y siwmperi

Rhywbeth sydd ddim yn mynd i fod am byth yw rhywbeth 'dros dro'.

tywyll, y trwsus tywyll, y sgertiau tywyll ...

ac ar ôl dau ddiwrnod roedd neges wedi dod i ddweud bod pawb yn cael gwisgo eu dillad eu hunain, crysau-T a sandalau a digon o eli haul. Ond dal i godi wnaeth y gwres. Ac erbyn diwedd yr wythnos gyntaf, roedd hi wedi mynd mor boeth nes bod yr AWDURDODAU wedi dweud ei bod hi'n rhy gynnes i gadw tri deg o blant mewn un stafell ddosbarth a bu'n rhaid cau'r ysgol dros dro.

Roedd y disgyblion wrth eu bodd!

Yn ffodus, roedd y Palas o dan goeden dderwen fawr yng ngwaelod yr ardd, ac felly roedd cysgod y canghennau a'r dail yn golygu nad oedd hi'n rhy boeth ynddi.

Drwy'r cyfan, roedd Alfred wedi bod yn gofalu'n dda am y Blodau Bodiau ac

174

yn gwneud yn siŵr eu bod nhw'n cael ychydig o ddŵr bob nos. Roedd e hefyd wedi cael cyfle i roi un malws melys i Elen, ac roedd hi wedi dweud mai dyna'r malws melys gorau roedd hi wedi ei flasu erioed. Erbyn hyn, roedd 21 Blodyn Bodyn yn tyfu yn y Palas mewn pump o botiau, a phob nos byddai Alfred yn chwilio am falws melys yn y potiau. A bob nos yn ddi-ffael byddai'n dod o hyd i un neu ddau. **Iymmmmmmmmmmmmm**. Tro nesaf byddai'r criw yn dod i gwrdd yn y Palas byddai'n gallu rhoi malws melys yr un i bawb. Roedd e'n edrych ymlaen at hynny!

Erbyn hyn roedd Alfred wedi rhoi dau fachyn uwch y ffenest lle roedd yn gosod darn o ddefnydd du bob nos, rhag bod ei fam yn gweld y lliwiau'n dawnsio eto ac yn dechrau holi cwestiynau. Achos tua 7 o'r gloch bob nos, byddai'r Blodau'n dechrau taflu golau. Roedden nhw'n canu hefyd ambell waith, ond roedd Alfred yn gwneud yn siŵr bod ei chwistl-drwmp yn gwneud mwy o sŵn na'r blodau. Unwaith eto, rhag ofn i'w fam – nac unrhyw un arall – glywed.

Ond y noson honno, pan gaeodd yr ysgol dros dro, a phan aeth Alfred yn ôl ei arfer i'r gegin i roi dŵr o'r tap yn y bwced er mwyn dyfrhau'r Blodau Bodiau, daeth ei fam a dweud:

'Hei! Alfred! Be ti'n neud? 'Sdim hawl rhoi dŵr o'r tap mewn bwced! Mae'r AWDURDODAU wedi dweud. Does neb i fod i ddefnyddio dŵr yn yr ardd.'

'Dim dŵr yn yr ardd!? Ond bydd y planhigion i gyd yn marw!' protestiodd Alfred.

'Ti'n iawn. Ond felly mae.'

'Beth dwi fod i 'neud nawr 'te? Mae'r bwced yn llawn,' holodd Alfred.

'Wel, cei di ddefnyddio hwn, ond dyma'r tro ola nes daw'r glaw!' Roedd llais mam Alfred yn gwbl bendant.

Yn ofalus, ofalus, heb golli un dropyn, aeth Alfred â'r bwced i'r Palas. Rhoddodd ychydig bach, bach o ddŵr i'r blodau, cyn rhoi darn o bren dros dop y bwced. Byddai'n rhaid gwarchod pob diferyn o ddŵr o hyn allan. Yna, estynnodd am yr Y.

Doedd dim amdani. Fel ei dad o'i flaen, byddai'n rhaid iddo fynd i chwilio am ffynhonnau.

23

Prynhawn
dydd Gwener

◆◆◆◆◆◆◆◆◆◆◆◆◆◆◆◆◆◆◆◆◆◆◆◆◆◆◆◆◆◆◆◆

Er bod yr Ysgol Fawr ar gau, roedd yr ysgol fach, Ysgol y Garn, ar agor. Roedd digon o ffenestri yn Ysgol y Garn a grwpiau llai ym mhob dosbarth ac felly doedd yr AWDURDODAU ddim yn gweld bod angen ei chau hi o gwbl.

Wedi trefnu i fynd gyda'r Y i chwilio am ddŵr ar ôl cinio dydd Gwener, penderfynodd Elen, Sara-Gwen, Alfred, Lewis Vaughan, Dewi Griffiths a Ben alw draw i Ysgol y Garn i weld Miss Prydderch a'r Flwyddyn 6 newydd. (Roedd yr ysgol ar y ffordd i'r Garn, lle roedd mam Alfred yn meddwl bod tad Alfred wedi ffeindio'r ffynhonnau.)

Cafodd y criw groeso mawr gan Miss Prydderch a dangosodd Alfred yr Y iddi. Roedd hi wrth ei bodd a galwodd y plant i gyd i'r gornel ddarllen a gofyn i Alfred eistedd ar y stôl deircoes ac esbonio'n union beth oedd yr Y wrth y dosbarth cyfan.

Esboniodd Alfred. Roedd e wir yn hoffi dweud bod ei dad yn Ddewin Dŵr. Roedd e'n swnio mor bwysig ac mor

Roedd Alfred yn gwybod y gair Cymraeg 'arbennig' yn iawn, ond am ryw reswm roedd yn well ganddo'r gair 'sbeshal'. Roedd e'n hoffi'r 'sh' yn y canol.

sbeshal. Cytunodd pawb y byddai'n wych petai'r criw yn gallu dod o hyd i'r ffynhonnau cudd ac roedd rhai braidd yn siomedig bod Ysgol y Garn ar agor, achos bydden nhw wedi dwlu mynd gyda chriw yr Ysgol Fawr i chwilio.

'Pob lwc i chi!' galwodd Miss Prydderch, wrth i Alfred ac Elen a phawb ddechrau troi am y drws. 'Byddwn ni'n meddwl amdanoch chi tra'n bod ni'n cael stori!'

 CAEL STORI?! Wrth gwrs! Prynhawn dydd Gwener oedd hi! Amser stori.

Stopiodd y criw hŷn a throi. Edrychodd Alfred ac Elen ar ei gilydd. Roedd y ddau'n meddwl yr union yr un peth. A dweud y gwir, roedd pawb yn meddwl yr un peth.

Ben Andrews oedd y cyntaf i siarad . . .

Wyt ti'n meddwl awn ni i Blaned y Blodyn Bodyn?

'Wel, falle gallen ni aros nes ar ôl y stori? Beth chi'n feddwl?'

'Gawn ni aros?' holodd Sara-Gwen Miss Prydderch.

'Â chroeso!' meddai Miss Prydderch yn wên i gyd.

A chyn pen dim, roedd yr hen Flwyddyn 6 a'r Flwyddyn 6 newydd wedi gwasgu ar y carped hud yn barod am antur newydd.

'Wfwgwyt tifigi'n mefegeddwfwgl afagawn nifigi i Blafaganefeged yfygy Blofogodyfygyn Bofogodyfygyn?' holodd Elen Alfred.

Nodiodd Alfred ei ben. Ac yn ei ben, roedd hanner syniad da yn dechrau tyfu . . .

24

Yn ôl i Blaned
y Blodyn Bodyn

◆◆◆◆◆◆◆◆◆◆◆◆◆◆◆◆◆◆◆◆◆◆◆◆◆◆◆◆◆◆

'O'r gorau. **'BANT Â NI!!!!!'**

A chydag un chwyrlïad swnllyd cododd y plant i gyd ar garped hud y gornel ddarllen ac allan â nhw drwy'r ffenest nes eu bod nhw fry uwch ben y cymylau yn hedfan ynghynt na'r gwynt ar antur newydd sbon.

'Ta ta, haul!' gwichiodd Anwen Evans yn gyffro i gyd cyn iddyn nhw godi a chodi a chodi nes glanio'n sydyn mewn byd o dywyllwch a thawelwch.

Ar ôl rhyw funud, yn union fel y tro diwethaf, ymddangosodd tyllau bach yn y blanced o dywyllwch, a dechreuodd y carped hud a'r plant i gyd a Miss Prydderch a'r stôl deircoes symud yn dawel braf drwy fyd o felfed du lle roedd goleuadau bach pefriog aur ac arian yn disgleirio ym mhob man.

Rhain oedd llwch y sêr ac roedden nhw'n wincio nes bod eu golau'n troi'n biws a phinc a fioled a glas . . . a phob lliw a welsoch chi erioed, a rhai lliwiau eraill na welodd neb o'r blaen.

Y cam nesaf oedd dal un o gyffonnau'r sêr i gael gafael ar ddechrau Llwybrau Golau'r Blynyddoedd, a mynd yn ôl ac yn ôl ac yn ôl i Amser cyn bod Amser ac i fyd heibio i'r holl flynyddoedd.

Estynnodd Miss Prydderch y sbectols hud o'i bag rhwyd llwyd a'u rhoi i'r plant, cyn edrych yn ofalus ar y miloedd o gynffonnau llwch a oedd yn chwyrlïo a disgleirio'n dawel.

Gwisgodd y plant y sbectol heb ddweud gair, ac yna, fel o'r blaen, estynnodd Miss Prydderch ei dwylo i'r tywyllwch a dal yn un o'r llinynnau.

'A, dyma fe!!! Y Llwybr i Blaned y Blodyn Bodyn! Daliwch yn dynn yn eich gilydd,' meddai. **'Ry'n ni ar fin mynd am reid!!!!'**

Daliodd Alfred yn dynn yn olwyn cadair Ben gydag un llaw ac yn yr Y gyda'r llaw arall.

Ac yn ei ben, roedd y syniad yn dal i dyfu.

Syniad anhygoel . . . Syniad mawr, mawr siâp diferyn bach, bach o ddŵr.

25

Taclo Cawr Mawr y Sychder Maith

◆◆◆◆◆◆◆◆◆◆◆◆◆◆◆◆◆◆◆◆◆◆◆◆◆◆◆◆◆◆◆◆

Pan laniodd y carped hud ar Blaned y Blodyn Bodyn, doedd dim byd amlwg yn wahanol. Roedd yr enfys ryfeddol yn dal i fod ar y gorwel. Roedd y tir yn dal i fod yn llychlyd a'r awyrgylch yn dal i fod yn rhywle rhwng nos a dydd.

'Gawn ni fynd at y Blodau Bodiau, Miss?' gofynnodd Ffion.

Lle pell pell pell yw 'ebargofiant', a does neb yn cofio dim am y pethau sydd yno.

'**O, ie! Plis!** Dwi eisiau gweld a oes malws melys wedi tyfu'r tro yma,' meddai Isobel yn gyffro i gyd.

'**A fi! A fi!**' Daeth llond carped o leisiau at glustiau Miss Prydderch.

'Popeth yn iawn. Ond fel o'r blaen. Rhaid i bawb aros yn agos at ei gilydd. Dy'n ni ddim eisiau i Gawr Mawr y Sychder Maith ein chwythu ni gyd i ebargofiant! A gyda llaw . . . cyn i neb boeni . . .' tynnodd Miss Prydderch sgarff o'i bag rhwyd llwyd a'i chlymu'n dynn am ei phen. 'Dydw i ddim eisiau colli fy ngwallt y tro yma!' meddai gan wenu.

'**Iaics!**' meddai Ben, 'Pwy yw Cawr Mawr y Sychder Maith???!!'

'O'n i wedi anghofio amdano fe,' sibrydodd Isobel yn dawel . . .

187

Mae Alfred yn caru'r gair hwn. Mae'n disgrifio rhywun sy wedi ei synnu'n llwyr gyda'i geg led y pen ar agor.

'O! Wel! Does dim angen i neb boeni amdano fe. Hen fwli yw'r Cawr Mawr. 'Sneb wedi ei weld e erioed, dim ond teimlo effaith ei chwythu poeth annifyr,' atebodd Miss Prydderch yn sionc.

Roedd Ben Andrews yn gegrwth. Wrth gwrs, doedd e ddim wedi bod ar y blaned o'r blaen, ac roedd popeth yn gwbl newydd iddo.

'Afagall rhyfygywufugun efeg-esbofogoniofogo plifigis?' sibrydodd wrth Elen ac Alfred.

Ac mor dawel â phosib, esboniodd Elen ac Alfred am y Blodyn Bodyn a oedd bron â diflannu o'i blaned ei hun. Yna, yn dawel,

All rhywun esbonio plis?

188

Wedi creu problem fawr i'r Blodyn Bodyn ...

esboniodd Alfred, er gwaethaf beth oedd Miss Prydderch yn ei ddweud, ei fod e'n siŵr fod y cawr mawr 'wefegedifigi crefegeu profogoblefegem fafagawr ifigi'r Blofogoyfygyn Bofogodyfygyn ...'

Roedd Alfred yn siŵr mai Cawr Mawr y Sychder Maith a'i chwythu a'i ruo a'i eisiau lladd popeth byw a oedd, yn ei dymer, wedi troi'r blaned yn anialwch.

Er bod Miss Prydderch wedi ymateb yn sionc i'r cwestiwn am y cawr, roedd y sôn amdano'n ddigon i wneud i'r plant i gyd fihafio a cherdded yn ufudd heb fentro crwydro. Trwy lwc, chymrodd hi fawr o dro i'r criw gyrraedd y cylch cerrig y tro yma. Roedd y carped hud wedi glanio'n nes atyn nhw rywsut.

Lewis Vaughan oedd y cyntaf i'w gweld.

'Y Cylch!' galwodd.

'Awn ni o gwmpas y cylch cerrig gyda'n gilydd. Pawb i edrych yn ofalus, ofalus. Dyna'r ffordd orau o ddod o hyd i'r blodau, yn sicr. A NEB I GRWYDRO,' meddai Miss Prydderch, a gyda hynny, holltodd yn ddwy ac aeth un i flaen y rhes a'r llall i'w chynffon.

Tua chanol y rhes roedd Alfred, ac yn ei ddwylo roedd e'n dal yr Y o'i flaen yn union fel yr oedd ei fam wedi dangos iddo.

Oherwydd dyma oedd ei SYNIAD!

Roedd e'n gwybod yn iawn o'i brofiad gyda'r blodau yn y PALAS, bod rhaid iddyn nhw gael dŵr. Roedd e hefyd yn amau mai dyna pam fod y blodau wedi diflannu bron o'r blaned lychlyd hon: dim digon o ddŵr. Wedi'r cyfan, roedd Alfred yn cofio'r geiriau digalon roedd e bron yn siŵr bod y blodau'n canu yn eu lleisiau trist: 'O! Mae syched arnom ni! Gawn ni ddŵr, ddŵr, ddŵr?' Roedd e hefyd yn amau pam fod diffyg dŵr: am fod Cawr Mawr y Sychder Maith yn sychu pob diferyn o ddŵr wrth chwythu'r gwynt cynnes cryf yn ei dymer wyllt. Dyna sut oedd e'n bwriadu lladd popeth byw. Roedd Alfred hefyd yn meddwl ei fod e'n gwybod pam fod y Cawr yn gwneud y fath beth: am ei fod e'n GENFIGENNUS o'r blodau bach â'u golau hardd a'u miwsig malws melys, ac

Bod yn 'genfigennus' yw teimlo rhywbeth ych-a-fi y tu mewn i chi sy'n gwneud i chi fod yn grac/flin fod gan rywun arall rywbeth hoffech chi ei gael.

roedd e eisiau meddiannu'r blaned i gyd iddo fe'i hunan!

Syniad Alfred felly oedd hyn: defnyddio'r Y i ddod o hyd i ffynnon gudd. Ffynnon ddŵr o dan ddaear y blaned. Ffynnon nad oedd y cawr yn gwybod dim amdani!

Pe byddai'n gallu dod o hyd i ffynnon ddŵr ar y blaned . . . byddai'n gallu dyfrhau'r blodau a'u gwella'n syth . . .

A gyda hynny, dechreuodd yr Y grynu'n anesboniadwy.

'STOP!' sibrydodd Alfred mor uchel ag y gallai. 'Plis, Miss Prydderch! Gawn ni stopio?'

'Beth sy, Alfred?'

'Edrychwch!' Ac yn lle ffurfio cylch o gwmpas y cerrig mawr, ffurfiodd y plant gylch o gwmpas Alfred a'i Y hudolus.

Oedd! Roedd y pren yn crynu.

'Miss Prydderch! Mae'r pren yn dweud wrthon ni fod DŴR o dan y darn hwn o'r blaned. Ni wedi ffeindio dŵr!'

'Ond Alfred! Chwilio am y blodau y'n ni . . . dim dŵr!' meddai Dewi Griffiths.

A chyn i Alfred gael cyfle i esbonio ei syniad taranodd sŵn byddarol **CRAS** fel pe petai cawr gwallgo, crac a blin yn bwrw mil o sosbenni yn erbyn ei gilydd. Ysgydwodd y blaned i gyd, a chyda'r rhu cawraidd 'RHAAAAAA' daeth cwthwm o wynt cynnes, yn union fel petai rhywun wedi cynnau sychwr gwallt y pen mwyaf blewog a welodd yr un plentyn erioed.

Cofio? Chwa neu storm o wynt yw 'cwthwm o wynt'.

Ond roedd Alfred yn barod am y bwli mawr y tro hwn, ac wrth i'r plant i gyd gilio y tu ôl i'r ddwy Miss Prydderch pwyntiodd Alfred yr Y yn gadarn i gyfeiriad y RHUUUUUU a'r RHAAAAAA.

'Mae ar ben arnat ti, Y CAWR CAS! Edrycha, lle bynnag wyt ti! Mae'r darn hwn o bren yn gryfach na thi!' bloeddiodd Alfred yn ddewr.

RHAAAAAAAA!!!!!!!

Atebodd y Cawr o'i guddfan. Oherwydd, er ei bod hi'n bosib teimlo nerth y gwynt cynnes, doedd hi ddim yn bosib gweld y cawr o gwbl.

Gosododd Alfred y darn hir o'r pren yn y llwch a'i ddefnyddio i dyllu.

'Edrych!' meddai eto. 'Dwi'n tyllu yn y llwch!'

A thyllodd a thyllodd Alfred ychydig ymhellach.

RHAAAAAAAA!!!!!!!

Daeth llais y Cawr eto. Ond doedd dim

Roedd popeth yn y bag hwnnw.

ofn ar Alfred. Roedd e'n siŵr ei fod e'n gwneud y peth iawn.

'Ti'n gweld be sy'n digwydd, Gawr?' heriodd Alfred.

Daeth dim ateb y tro hwn.

'Miss Prydderch!' Heb droi ei ben, galwodd Alfred ar Miss Prydderch i estyn cwpan o'i bag rhwyd llwyd.

Cerddodd un Miss Prydderch yn ofalus tuag at Alfred gyda chwpan yn ei llaw, tra bod y Miss Prydderch arall yn sefyll yn gadarn o flaen y plant eraill.

'Edrycha'n ofalus, Gawr Mawr!' meddai Alfred yn heriol, cyn penlinio'n araf i'r llawr llychlyd. Trodd y darn pren unwaith, ddwywaith, deirgwaith a gyda hynny TASGODD dŵr clir, glân o'r llwch.

'HWRÊÊÊÊÊ!!!!' Daeth bloedd fawr

Neu 'slo-mo' – sef darn o ffilm sy'n symud yn araf, araf, araf.

gan y plant, a llenwodd Alfred y cwpan ac yfed y dŵr.

'Iechyd da i ti, Gawr y Gorffennol! Does DIM y galli di wneud i sychu'r ffynnon hon!'

Ac yn araf, fel mewn ffilm *slow-motion*, cydiodd Alfred yn y cwpan, ei lenwi eto, a'i daflu i'r cyfeiriad o'r lle roedd y sŵn rhuo mawr wedi dod. A'r peth nesaf, clywodd y plant sŵn Fffffffssssssssssss rhyfedd, fel dŵr yn tasgu ar arwyneb poeth. Yna ymddangosodd cwmwl o fwg am eiliad cyn diflannu'n bentwr o lwch a syrthio 'nôl ar wyneb y blaned lwyd.

Fffffffsssssss

Ffffsss

Dim.

Roedd CAWR MAWR Y SYCHDER MAITH wedi colli ei dymer am y tro olaf.

26

Achub y blodau

◆◆◆◆◆◆◆◆◆◆◆◆◆◆◆◆◆◆◆◆◆◆◆◆◆◆◆◆◆◆◆◆

'Dewch!' meddai Alfred. 'Miss Prydderch!
Rhowch gwpan i bawb. Mae'n bryd i ni roi
dŵr i'r blodau! Maen nhw'n cuddio wrth
draed y meini mawr!'

Estynnodd Miss Prydderch yn ddwfn
i'w bag rhwyd llwyd a rhuthrodd y plant
yn gyffrous at y dŵr. Yn ôl ac ymlaen, yn
ôl ac ymlaen, bu'r ffrindiau'n cario dŵr o'r
ffynnon, a fesul cwpanaid dechreuodd y
Blodau Bodiau dyfu a thyfu a thyfu.

O!!! Roedd e'n CARU dweud y gair 'gwregys'.

Cyn pen dim amser, roedd carped o flodau o gylch y cerrig, pob un â llygad fach hardd yn pefrio goleuadau o bob lliw'r enfys. Coch, melyn, oren, gwyrdd, glas, fioled, indigo a llawer o liwiau eraill nad oedd neb yn gwybod eu henwau.

Roedden nhw'n taflu cymaint o olau nes i'r enfys ar y gorwel ddechrau dawnsio a throi'r blaned o fod yn llwyd a diflas i fod yn blaned amryliw, lawen.

'Alfred, y chwistl-drwmp?' gofynnodd Miss Prydderch.

Ac am unwaith, roedd Alfred yn gwbl hapus i ganu'r offeryn bach rhyfeddol o flaen pawb. Gosododd stôl deircoes Miss Prydderch yng nghanol y cylch cerrig a thynnu'r chwistl-drwmp o'i wregys.

Y gair cywir fan hyn yw 'ychydig'.

Cyn gynted ag y dechreuodd y nodau ddod o'r chwistl-drwmp, trodd y blodau i gyd eu llygaid at Alfred a dechrau sisial ganu. Roedden nhw'n symud yn ôl ac ymlaen i rythm y gerddoriaeth ac yn creu patrwm fel môr o enfysiau.

Roedd holl blant y carped hud wedi'u syfrdanu.

Ond jyst wrth i Elen feddwl mai hwn oedd y lle harddaf yn yr holl bydysawd . . . trodd dwtsh yn harddach eto.

Agorodd a chau ei llygaid yn ofalus. Rhaid bod y sbectol rhyfeddol yn chwarae triciau ar ei golwg. Rhoddodd bwniad bach i Sara-Gwen. Trodd Sara-Gwen ati – roedd hi hefyd yn agor a chau ei llygaid yn ofalus. Roedd hi hefyd, heb os, wedi gweld yr un peth ag Elen.

200

'mafagalwfwgws mefegelyfygys?' holodd y ddwy ei gilydd ar yr un eiliad.

Yna'n nerfus, plygodd y ddwy at fôn y blodau oedd agosaf at eu traed.

Yno, yn sownd wrth goes bron pob blodyn, roedd malws melys perffaith amryliw!

Degau ar ddegau o falws melys.

Cannoedd o falws melys.

Falle mwy na mil malws melys.

Erbyn hyn, roedd y plant i gyd wedi sylwi ar y losin a phan welon nhw Miss Prydderch yn estyn i bigo un a'i roi yn ei cheg a dweud **liiiiiyyyyymmmm,** doedd dim dal yn ôl.

Rhedodd pawb i bigo malws melys a'u **mmmmmmmmwynhau!**

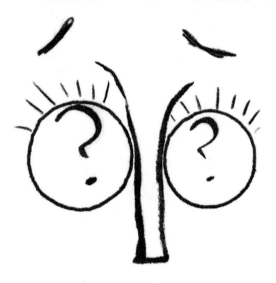

Trodd Elen at Alfred gyda marc cwestiwn mawr yn ei llygaid. Mae'n rhaid mai malws melys y Blodyn Bodyn oedd e wedi rhoi iddi 'nôl yng Ngwaelod y Garn. Ond sut? Sut yn y byd oedd gan Alfred falws melys o blaned arall?

Y cyfan ddwedodd Alfred wrthi oedd:

Nafagai egesbofogniofogo afagar ôfogol myfygynd afagadrefege.

'Na i esbonio ar ôl mynd adre.

27

Stori? Hanes?

◆◆◆◆◆◆◆◆◆◆◆◆◆◆◆◆◆◆◆◆◆◆◆◆◆◆◆◆◆◆◆◆

Bu'r daith adre'n ddigon hwylus, ac er nad oedd neb wir eisiau gadael y Blodau Bodiau ac yn bendant ddim eisiau gadael y malws melys, roedd pawb yn falch fod CAWR MAWR Y SYCHDER MAITH wedi diflannu ac yn teimlo rhyddhad eu bod nhw'n gadael y blaned yn ddiogel a hapus.

Wedi glanio 'nôl yn Ysgol y Garn roedd yr haul melyn crasboeth yn dal i dywynnu.

Caeodd Miss Prydderch y llyfr llwyd a siarsio Alfred ac Elen a'r criw i wisgo hetiau haul a rhoi digon o eli a dymuno'n dda wrthyn nhw ar yr ymdrech i ddod o hyd i ffynnon ddŵr.

Cydiodd Alfred yn yr Y yn ofalus, ac wedi dweud 'hwyl fawr' wrth bawb, aeth e a'i ffrindiau allan i'r awyr las.

Soniodd neb am y stori na dweud dim am fwynhau'r malws melys. A doedd Alfred ddim yn hollol siŵr a oedden nhw wedi bod ar blaned arall neu beidio . . . nes i Elen sibrwd: 'Pryd wyt ti'n mynd i ddweud wrtha i ble gest ti'r malws melys?' Roedd e'n gwybod wedyn. Hyd yn oed os nad oedd NEB arall wedi bod ar y blaned GO IAWN, roedd e – ac Elen – yn bendant wedi bod yno.

Ond atebodd e ddim cwestiwn Elen, dim ond meddwl tybed beth yw'r gwahaniaeth rhwng 'stori' a 'hanes', *story* a *history*? Rhyfedd, rhyfedd iawn.

28

Ffeindio ffynnon

◆◆◆◆◆◆◆◆◆◆◆◆◆◆◆◆◆◆◆◆◆◆◆◆◆◆◆◆◆◆◆

Roedden nhw wedi cyrraedd copa'r Garn a heb ffeindio dŵr o gwbl. Roedd y chwilio'n waith araf. Roedd rhaid dal y pren Y dros bob darn posib o dir ac aros i weld a fyddai'n dechrau crynu a rhoi arwydd bod dŵr o dan draed.

Dim lwc. Falle mai dychmygu'r stori wnaeth mam Alfred. Neu falle nad oedd Alfred wedi cael yr un ddawn â'i dad?

Neu falle bod cymaint o haul wedi tywynnu nes bod yr holl ddŵr wedi sychu a diflannu.

'**Hei!**' Ben Andrews oedd yn galw. Roedd olwyn ei gadair wedi mynd yn sownd ar ddarn o garreg ar y llwybr. 'All rhywun ddod jyst i wthio fi dros hwn plis?'

Aeth Alfred a Dewi lawr tuag ato. '**Waw!** Chi 'di gweld yr olygfa?' holodd Ben. Doedd e ddim wedi bod i gopa'r Garn ers blynyddoedd. A na, doedd y lleill heb sylwi ar yr olygfa – roedd pawb wedi bod yn rhy brysur yn edrych ar y pren Y!

O gopa'r Garn roedd yr ysgol i'w gweld yn fach a'r tai i gyd fel darnau Lego. Roedd hyd yn oed ffem Gwyn, a melin Max a

Molly, yn edrych yn fach. Ond wrth fod pawb am y gorau yn pwyntio at eu cartrefi teimlodd Alfred y pren yn symud …

Ddwedodd e ddim byd am eiliad neu ddwy. Ond pan roedd e'n hollol siŵr fod y pren yn bendant yn crynu, dyma alw ar ei ffrindiau.

'**Hei!** Edrychwch, fan hyn! Mae rhywbeth fan hyn!'

Rhoddodd ddarn hir y pren yn y ddaear a'i droi'n ofalus i greu twll bach.

'Gad i ni helpu!' meddai Dewi. Roedd pawb wedi dod â rhaw neu rywbeth addas i dyllu, ac roedd Ben wedi dod â darn trwchus o haearn oedd fel sgriw mawr. Yr union beth i wneud twll yn y tir.

Roedd y tyllu'n waith anodd yn yr

Mae'r gair 'tân' yn cuddio yn 'tanbaid'. Mae'n golygu 'poeth iawn, iawn'.

haul tanbaid ond roedd y cyffro yn gwneud i bawb weithio'n galed, a doedd neb yn cwyno.

'Arhoswch eiliad!' meddai Elen. 'Beth am i Sara-Gwen roi ei llaw i mewn i'r twll sy gyda ni? Ei llaw hi yw'r lleiaf. Cawn ni weld a ydy hi'n gallu teimlo rhywbeth.'

Doedd Sara-Gwen ddim yn rhy awyddus i roi ei llaw a hanner ei braich i mewn i dwll tywyll . . . ond roedd pawb yn edrych arni a doedd ganddi ddim dewis.

Penliniodd wrth y twll. Rhoddodd flaenau ei bysedd yng ngheg y twll. Ac yna, gan gau ei llygaid a chyfri i dri, gwthiodd ei braich i lawr mor bell ac y gallai.

'Wel?' holodd Elen. 'Ti'n teimlo rhywbeth?'

Tynnodd Sara-Gwen ei llaw allan a dangos blaen ei bys hir i'r criw. Roedd y llaid yn wlyb!!!!!!!!

Dyna fynd amdani felly. **Palu, palu, palu** a **thyllu, tyllu, tyllu**. Pum munud bach eto. **Stop.** Trodd pawb i edrych ar Sara-Gwen.

Y tro hwn, doedd dim ofn o gwbl ar Sara-Gwen a gwthiodd ei braich mor ddwfn ag y gallai i'r twll.

DŴR!!!!! meddai. 'Dwi'n gallu teimlo dŵr!!!!

* * *

Erbyn saith o'r gloch y noson honno, a hithau'n dal yn olau a chynnes, roedd

'Trannoeth' yw un gair sy'n golygu tri gair sef 'y diwrnod wedyn'.

tad Sara-Gwen wedi trefnu bod criw o weithwyr yn dod gydag offer pwerus i dyllu i lawr at y ffynnon, ac aeth y newyddion drwy'r pentref i gyd bod y criw ffrindiau wedi dod o hyd i ddŵr.

Yn wir, erbyn saith o'r gloch y bore trannoeth, roedd y criw yn ôl ar ben y Garn yn dweud eu stori wrth bobl y newyddion a phobl â chamerau a radio. Roedd pawb eisiau clywed y stori. Roedd rhaid i Alfred ddangos yr Y, a mam Alfred sôn am dad Alfred. Roedd pawb wedi rhyfeddu at y ffynnon gudd ac, wrth reswm, yn falch iawn o fod wedi ei darganfod gan fod cyn lleied o ddŵr ym mhob man.

Ond er bod hyn i gyd yn stori fawr i'r newyddion – DARGANFOD FFYNNON –

roedd Alfred yn gwybod bod stori fwy yn cuddio yn rhywle rhwng un blaned ymhell bell i ffwrdd a'i balas bach e yng ngwaelod yr ardd, sef GARDD O FLODAU BODIAU.

29

Diwrnod Sioe Haf Bach Mihangel

◆◆◆◆◆◆◆◆◆◆◆◆◆◆◆◆◆◆◆◆◆◆◆◆◆◆◆◆◆◆◆◆◆

Bob blwyddyn ym mhentre Gwaelod y Garn, mae Sioe Haf Bach Mihangel yn ddigwyddiad pwysig. Mae pawb yn dod â'u cynnyrch o'r ardd i'w arddangos ar fyrddau – pethau fel jam rhiwbob a tharten afal a blodau a llysiau a.y.b. – ac mae rhywun pwysig yn dod i feirniadu.

Gall y beirniad fod yn ddyn neu'n fenyw ond mae bob amser yn gwisgo rosét.

Rhyw fath o ruban fel blodyn yw 'rosét'.

Roedd Alfred wedi clywed y gair 'gwywo' hefyd am flodau sy'n marw.

Eleni, oherwydd y sychder annisgwyl, roedd pobl wedi bod yn poeni na fyddai Sioe Haf Bach Mihangel yn digwydd o gwbl. Roedd y llysiau a'r blodau wedi dechrau marw a gerddi pawb wedi dechrau troi o fod yn wyrdd a lliwgar i fod yn frown-felyn, gyda neb yn cael rhoi dŵr o'r tap i'w cadw nhw'n fyw.

Roedd hynny, wrth gwrs, cyn y darganfyddiad mawr. Ar ôl i Alfred a'r criw ddarganfod y ffynnon, roedd tad Sara-Gwen wedi gwahodd rhywun gwybodus iawn i ddod i archwilio'r ardal: Dr Nia Heeston-Evans. Roedd hi'n gwybod popeth am afonydd a ffynhonnau . . . ac

Yn od iawn, er ei bod hi'n 'ddoctor' doedd hi ddim yn gallu gwella pobl. Rhyw fath arall o 'ddoctor' oedd hi.

roedd hi wedi gallu dangos bod PEDAIR ffynnon ar y Garn a digonedd o ddŵr i gadw'r pentre – y bobl a'u gerddi – yn iawn am wythnosau.

Fore'r sioe, cododd Alfred gyda'r wawr. Roedd e wedi ystyried galw cyfarfod pwysig a gwahodd pawb i'r ~~Sied~~ Palas, er mwyn dangos y blodau rhyfeddol oedd wedi bod yn tyfu yno. Roedd siŵr o fod hanner cant neu fwy o Flodau Bodiau ganddo bellach, ac roedd e wedi dechrau casglu'r malws melys a'u rhoi mewn potiau bach o ddeg a gwneud labeli 'Malws Melys Iawn'. Ond ar ôl pendroni am sbel, penderfynodd mai'r peth gorau i'w wneud oedd dweud dim. Doedd e ddim 100% y byddai neb yn ei gredu, dim hyd yn oed y criw oedd wedi clywed y stori ar y carped hud.

Roedd ofn arno i fynd â'r blodau i gyd i'r Sioe, oherwydd doedd e ddim yn gwybod a fydden nhw'n hapus i fod allan yn yr haul mawr. Wedi'r cyfan, roedd hi'n dywyll braf yn y Palas ac felly'n fwy tebyg i'r golau ar Blaned y Blodyn Bodyn. Ar ôl hir a hwyr, daeth Alfred i'r casgliad mai'r peth gorau fyddai mynd â dau botyn bach o'r blodau yn unig i'w harddangos yn y sioe . . . ac wrth gwrs, mynd â'r holl botiau malws melys i'w gwerthu!

Wedi cyrraedd maes y sioe (sef cae ar dir fferm Gwyn), aeth i mewn i'r babell arddangos a gosod y ddau botyn Blodyn Bodyn a'r potiau malws melys yn dwt ar un o'r byrddau. Roedd y blodau'n edrych yn eitha hapus a'u llygaid bach yn syllu o gwmpas fel pe baen nhw'n synhwyro eu bod nhw mewn lle gwahanol.

Daeth y BEIRNIAD o gwmpas a holi Alfred pob math o gwestiynau am y blodau. Doedd hi ERIOED wedi gweld blodau tebyg. Roedd hi eisiau gwybod o ble o'n nhw wedi dod, a sut oedd Alfred wedi eu tyfu, a pha fath o bridd oedden nhw'n hoffi, a pham eu bod nhw mewn tywod llychlyd ac i ba uchder o'n nhw'n tyfu a **bla di bla di bla** a.y.b. a.y.b. a.y.b. . . . Doedd gan Alfred ddim syniad beth i'w ddweud. Ac ar y cyfan, wnaeth e ddim byd ond codi ei ysgwyddau a dweud 'sai'n siŵr', a gobeithio y byddai'r beirniad busneslyd a'i rosét yn mynd ac yn rhoi'r gorau i'r holl siarad.

Yna, cafodd e syniad.

'Falle hoffech chi un o'r rhain?' meddai, gan agor caead un o'r potiau malws melys a'i estyn i'r beirniad.

'**W!** Diolch,' meddai hithau. 'Fel mae'n digwydd, rwy'n arbenigwraig ar falws melys. Rwyf wedi teithio'r byd yn beirniadu malws melys ac unwaith yn Sioe Fawr Malws Melys Madrid . . .' Ond cyn iddi allu gorffen, roedd hi wedi rhoi un falysen felys i mewn i'w cheg fawr a'r unig sŵn a ddaeth o'i cheg oedd hyn:

'Iymmmmmmmmmmmmmmmm!!!'

'Fy machgen i!' meddai ar ôl llyncu'r tamaid olaf. 'Dyna, heb os, y malws melys gorau a brofais i ERIOED!'

A gyda hynny, estynnodd dystysgrif o'i ffeil ac arni'r geiriau: GWOBR GYNTAF. Byddai hynny wedi bod yn iawn. Ond yn lle rhoi'r wobr a mynd, dechreuodd y beirniad guro ei dwylo a dweud ar dop ei llais:

'Gyfeillion! Mae'n RHAID i chi ddod draw fan hyn. Heb os nac oni bai, dyma'r peth gorau yn y sioe i gyd . . .'

O! Roedd Alfred eisiau cuddio o dan y bwrdd. Roedd pawb yn syllu arno ac yn curo dwylo a gweiddi HWRÊ a theimlodd ei wyneb yn troi'n goch.

Ar ôl y ffws a'r ffwdan a'r tynnu lluniau a'r canmol a phawb wedi symud i weld pwy oedd wedi ennill y raffl, doedd neb ar ôl wrth y bwrdd ond Elen.

Blodau o Blaned
y Blodyn Bodyn?

Roedd llygaid Elen yn un marc cwestiwn mawr. **?**

'Blofodogafagau ofogo Blafaganefeged y Blofogodyfygyn Bofogodyfygyn?'

'Iefege,' atebodd Alfred.

A dwedodd y cyfan wrthi – am y darn o fflwff yn syrthio o boced Miss Prydderch ac am y potyn tywod cyntaf a'r diferyn o ddŵr, a'r golau hudolus a'r mwisig gyda'r nos . . . a'r malws melys.

Ac ar ôl gwrando'n astud, meddai Elen: 'Dim straeon cyffredin yw straeon Miss Prydderch, ife?'

'Na,' atebodd Alfred. 'Maen nhw'n straeon arbennig iawn.'

A'r noson honno, wrth orwedd ar wastad ei gefn yn ei wely yn edrych ar

y nenfwd a'r sticeri sêr, meddyliodd
Alfred i'w hunan, *Tybed oedd y criw i gyd yn
gwybod mai straeon go iawn oedd straeon
Miss Prydderch, neu dim ond fe ac Elen?*

Ac wrth iddo fynd i gysgu clywodd hyn:
'**Drip, drop, drip, drop.**'

Roedd hi'n bwrw glaw! Hwrê!
Fyddai Alfred byth eto'n cwyno am y
glaw. Roedd pawb yng Ngwaelod y Garn
wedi dysgu eu gwers. Mae dŵr yn bwysig.
Diolch amdano!

A thra bod Alfred yn breuddwydio am
ddal yn un o gynffonnau'r sêr a theithio
gyda'i dad ar y llwybr llwch i amser cyn
bod amser ac i Blaned ryfeddol y Blodyn
Bodyn, trodd y '**drip, drop, drip,
drop, drip drop**' yn 'pitran, patran,
pitran, patran, pitran, patran'.

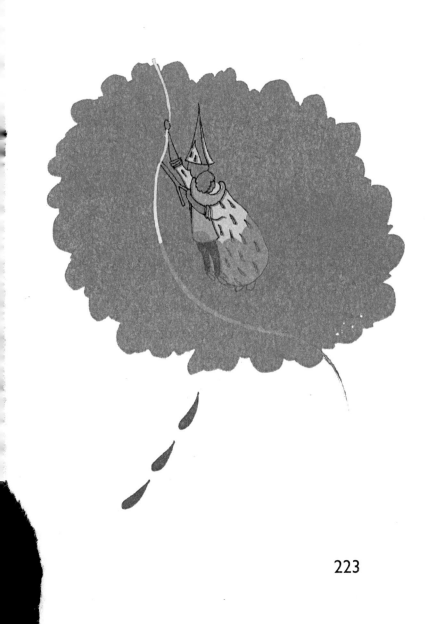